ZODIAQVE

À Henri et à Maurice
guides CASA à Fontenay
et au frère Pierre
qui m'ont initié à l'Art cistercien

La voie lactée 3

MYSTÈRE DE FONTENAY

La spiritualité de saint Bernard en majesté

f. Jean-Baptiste Auberger
Photos de Claude Sauvageot

Table

7 Avant-propos

1

9 La fondation
Une origine qui coule de sources

9   L'ermitage du moine Martin…

10 La ferveur érémitique du XIe siècle

12 La fondation du "Nouveau Monastère" de Cîteaux

13 A la recherche de l'authenticité

18 Circonstances de la fondation de Fontenay, fille de Clairvaux

19 Le choix du site de Fontenay

23 La géographie mystique et symbolique du site chez saint Bernard

23 Les débuts de Fontenay sous l'abbé Geoffroy

25 Geoffroy de la Roche Vaneau et Bernard

25 L'économie à ses débuts

2

29 La construction
Lorsque l'Esprit fait jaillir de terre

29 Le changement de site

30 Les travaux préparatoires

31 Qui étaient les maîtres d'œuvre et les artisans de la construction ?

35 L'extraction de la pierre et son transport

39 La sidérurgie à Fontenay

41 L'organisation d'ensemble révélée par le plan du monastère

43 Le monastère, figure de la Jérusalem céleste

44 Le monastère, école du service du Seigneur

44 La porterie

3

47 L'église abbatiale
Atelier de la prière où bat le cœur du monastère

50 La façade : révélation d'un esprit

52 Le porche aujourd'hui disparu

56 Le côté nord : l'austérité même

57 La nef, lieu de pénombre et de mystère

58 Le chœur : foyer de lumière et de vie

58 Accueillir le "Verbe" de Dieu comme la Lumière véritable : un travail quotidien

59 Une architecture qui favorise le "retour sur soi" pour purifier le cœur

61 Le renoncement au plaisir des sens : première étape du combat spirituel

62 La foi vient de l'écoute

66 Les bas-côtés : chemins de procession

69 Les verrières : la lumière au naturel

69 Une sculpture au service des lignes

71	Les transepts et leur croisée	138	La porterie
72	Les accès dans l'église	139	Les enceintes
74	Qu'en était-il du sol ?		
75	Le chœur		

6

143 La vie économique
Tous membres d'un même corps

77	Le mobilier sculpté
81	Les tombeaux

4

87 Le cloître
Jardin de l'âme et école de charité

143	Des origines très fécondes
150	L'influence des moines sur la population
150	Ouverture à l'économie de marché
151	La mise en valeur du patrimoine
153	L'institution des convers
155	L'organisation de la vie dans les granges
158	Vêtement et literie des convers
159	Formation
159	Convers des granges et convers de l'abbaye : un seul et même corps

87	Un lieu symbolique
89	Une école de charité : *schola charitatis*
94	Lieu de rumination de la Parole
94	Cœur du monastère
96	Le bâtiment des moines

5

119 Les bâtiments annexes
Mémoire d'un passé troublé

7

163 Après la tourmente révolutionnaire
Une nouvelle jeunesse

119	L'infirmerie
121	Le bâtiment appelé "la forge"
126	L'enfermerie
130	La pisciculture
131	L'hôtellerie
132	La boulangerie
133	Le colombier
136	Le logis des abbés commendataires

163	La dispersion de la communauté et la vente des biens
164	L'abbaye transformée en papeterie
164	La réhabilitation des bâtiments
166	La restauration de l'abbaye
172	Bibliographie

Fontenay est une de ces œuvres d'art qui ne se livrent pas du premier coup. Le monument a un sens presque mystérieux qui ne se révèle qu'aux yeux qui savent regarder longtemps. Devant ces choses, il faut faire oraison, comme disait Renan ; pour les deviner il faut tâcher, ne serait-ce que pour un instant, de se mettre dans l'état d'esprit et de cœur de ceux qui, au XIIe siècle, furent les fondateurs de l'abbaye de Fontenay. Ils étaient de l'âge sublime de la vie monacale, de cette élite religieuse et humaine qui tint debout pendant plusieurs siècles la foi, la civilisation et l'intelligence.

Édouard AYNARD

Avant-propos

L'abbaye de Fontenay est le plus bel exemple et le plus ancien témoin que nous ayons de l'Architecture cistercienne en Europe et dans le monde. Elle est le plus prestigieux de tous les joyaux issus de cet ordre. Aussi est-ce à juste titre qu'elle fut classée dès 1981 par l'UNESCO parmi les monuments constituant le patrimoine mondial qu'il nous faut à tout prix préserver.

Sa particularité, outre l'antiquité de son architecture, tient au fait qu'elle nous est conservée presque dans son intégralité en son écrin naturel de verdure. Peu d'apports ultérieurs la dénaturent. Ils révèlent, au contraire, la richesse de son histoire.

Pourtant, comme pour de très nombreux édifices en France, la révolution a laissé son empreinte. D'une part, par l'expulsion des moines et, d'autre part, par la destination ultérieure que connurent ses bâtiments lorsqu'elle fut transformée en papeterie. Malgré les dommages subis par leur adaptation aux besoins industriels, il faut reconnaître que ce nouvel usage la sauva de la destruction que connurent de très nombreux ensembles similaires.

Ce sauvetage, nous le devons aux propriétaires actuels et à leurs aïeux qui ne ménagèrent ni leur peine ni leurs biens pour nous transmettre le monument dans son état actuel. Certes, la restauration aurait pu être poussée plus loin, comme le dit M. René Aynard lui-même dans les notes très précises qu'il a laissées à propos de celle-ci. Son mémoire intitulé *Notes sur la restauration de l'abbaye de Fontenay* témoigne d'une grande intelligence et d'un véritable amour pour ce lieu. Il est vrai que toute restauration ancienne peut faire l'objet aujourd'hui de points de vue différents et de critiques. Cependant nous ne serons jamais assez reconnaissants pour le travail accompli.

Tandis que s'est clos avec le siècle le IXe centenaire de la fondation de "l'abbaye-mère" de Cîteaux, et que s'ouvre devant nous un nouveau millénaire, nous demeurons pleins de gratitude et d'émerveillement pour l'existence de ce lieu dont la pureté et l'authenticité ne manquent pas de nous émouvoir. Sans doute est-ce parce qu'il nous rappelle le mystère qui nous enveloppe et nous dépasse, ce mystère pour lequel des hommes ont un jour tout donné. Pénétrons donc maintenant en pèlerins de l'absolu pour découvrir ce qui demeure à jamais inscrit dans la pierre de l'abbaye de Fontenay et partons à sa découverte comme à celle d'une source d'eau vivifiante et fécondante qui remplit de bonheur.

Spiritus Dei ferebatur super aquas (Gn 1,2).
L'Esprit de Dieu planait sur les eaux.

1
La fondation
Une origine qui coule de sources

L'ermitage du moine Martin…

Fontenay.
Un nom qui coule de source. Un nom évocateur, telle une cascade qui, jaillissant des entrailles de la terre, s'éclate de pierre en pierre et fait resurgir à la mémoire bien des souvenirs…
Un jour, tandis que je faisais route vers ce haut-lieu de l'art roman, je vis défiler en rêve une petite troupe de moines quittant à pied Clairvaux sous la houlette de leur abbé Geoffroy. Nous sommes en 1119. Ils vont en silence, d'un pas alerte, deux par deux, le cœur tout brûlant en leur amour juvénile, totalement disponibles à l'œuvre de Dieu leur marche est rythmée au fil des heures par les temps de prière qui jalonnent leur journée : prime, tierce, sexte, none, vêpres… et par le repas fraternel partagé au bord du chemin.
Deux journées de marche sont nécessaires pour rejoindre la forêt de Châtelun au cœur de laquelle se trouve, caché dans le fond d'un vallon, leur héritage : l'ermitage que le moine Martin a établi, quelques années auparavant, dans une clairière, auprès d'une source. De celle-ci jaillit l'eau d'un petit ru auquel on donnera plus tard le nom de saint Bernard. Il s'écoule tranquillement pour rejoindre, environ un kilomètre plus bas,

La fondation

Le site primitif

celui qui, naissant au pied du village de Touillon, se jette ensuite dans le cours de la Brenne du côté de Marmagne.

L'étang que l'on voit aujourd'hui et la retenue construite par la suite pour éviter les inondations au croisement des deux vallons n'existaient pas encore. De l'ermite Martin, nous ne savons rien ou presque – comme de tout véritable ermite, puisque, par vocation, l'ermite veut mourir au monde en le fuyant. Est-il devenu à la fin de sa vie moine bénédictin de Molesme, cistercien de Cîteaux ou de Fontenay ? Était-il déjà mort lorsque la petite troupe s'installa au lieu-dit offert ? Les textes utilisent le terme latin *morabatur* qui signifie que Martin *demeurait* en ce lieu, sans autre précision. Y-est-il est resté jusqu'à sa mort ou seulement jusqu'à ce que cette terre fut donnée à Molesme ? On ne le sait pas.

Il était ermite, certes, mais pas le seul de son espèce, même dans la région ! Les archives évoquent, entre autres, la donation faite en 1133 par Guillaume de Nevers d'un ermitage à Sensuères sur le territoire de Laignes à une trentaine de kilomètres au Nord de l'abbaye, près de la ferme actuelle de Martilly. Elles parlent aussi du *desertum* situé entre l'abbaye bénédictine de femmes à Jully et l'abbaye cistercienne de Fontenay sur le finage de Fontaines-lès-Sèches. L'usage des bois en avait été concédé par le Comte de Bar à Jully et par le sire de Montbard à Fontenay avant 1140.

La ferveur érémitique du XIe siècle

Dès le milieu du XIe siècle, nombreux étaient les clercs et les laïcs qui voulaient revenir à une vie de don plus total, plus absolu à Dieu en s'inspirant de la vie des Pères du désert dont on pouvait lire les hauts faits rapportés notamment par Jean Cassien dans ses *Conférences* : "*Si nous voulons, nous aussi, prier Dieu d'un cœur pur et vierge, fuyons comme lui la fièvre et la confusion des foules, afin de reproduire dès cette vie quelque image du moins de l'état bienheureux promis aux saints dans l'éternité*" (X, 6).

Beaucoup aspiraient à vivre loin des compromissions et des abus qui dévoyaient la société et le monde ecclésiastique. Quelques réformateurs, pourtant placés au plus haut de la hiérarchie de l'Église, cherchaient sans grand succès à les faire disparaître.

La fondation

Un profond travail de réforme fut donc entrepris sous l'autorité du pape Grégoire VII (1073-1085) et de ses successeurs, tant sur le plan moral que sur le plan institutionnel. On était convaincu en haut lieu qu'il fallait se démarquer du pouvoir laïque pour retrouver une "liberté" nécessaire à la réorganisation de l'Église. Devant les difficultés et les résistances qui retardaient toujours les changements (on sait qu'il y faudra plus d'un siècle et de nombreux soubresauts), on vit éclore une pépinière d'ermites partout dans la chrétienté et en tous pays. Mais il y eut des terres plus propices que d'autres, ou plutôt, ici ou là, des personnalités plus entraînantes que d'autres.

Ainsi tout le monde connaît Robert d'Arbrissel, ermite dans les terres angevines à partir de 1095, puis ermite prédicant de la réforme de l'Église. Plusieurs fondations sont nées dans son sillage et celui de ses disciples. La plus connue est Fontevrault aux confins du Poitou et de l'Anjou, où furent établis, après 1099, plusieurs monastères d'hommes et de femmes, dirigés conjointement par une seule abbesse.

Le Tonnerrois, la terre où nous sommes, vit naître, lui aussi, plusieurs ermitages. Le plus fameux fut sans doute celui de la forêt de Collan où Robert de Provins, prieur de Saint-Ayoul, moine de Saint-Michel de Tonnerre, se rendit vers 1070 à la demande d'un essaim d'ermites parmi lesquels se trouvait un certain Albéric – le futur deuxième abbé de Cîteaux – qui devint alors vraisemblablement très vite leur prieur. Il est très probable que ce fut lui qui eut l'initiative de faire venir Robert pour former ses frères à la vie commune. Vers 1075, ils s'installèrent à Molesme plus à l'Est, toujours sur les terres des seigneurs de Maligny. Les débuts de la nouvelle implantation semblent avoir été difficiles. Les tensions entre ceux qui gardaient la nostalgie érémitique et ceux qui désiraient plus de vie commune, furent parfois vives. Cependant grâce à la protection de Renard, évêque de Langres, donations et hommes affluèrent entre 1083 et 1098, et le monastère se développa considérablement. Robert eut toujours le souci de maintenir l'unité. Il avait su créer des ermitages en dépendance de l'abbaye pour permettre aux moines désireux de plus de rigueur de pouvoir s'y adonner librement. Nous connaissons le nom de plusieurs de ces ermitages ; l'un d'entre eux abrita même pendant quelque temps Bruno, écolâtre de Reims, désireux de vie cachée et qui irait fonder dans un désert montagneux la Grande Chartreuse.

À Molesme, vers 1090, la situation devint plus difficile encore et deux moines, Guy et Gauthier, s'en furent à Aulps où ils établirent une "cella", qui devint abbaye en 1095, sous l'égide de Robert et de son prieur Albéric. Le désir des frères était de pouvoir vivre plus strictement la règle de saint Benoît. Parmi eux, se trouvait comme secrétaire un certain Étienne, sans doute Étienne Harding, l'un des futurs cofondateurs de Cîteaux et son troisième abbé.

La fondation du "Nouveau Monastère" de Cîteaux

Peu après, la situation devint si grave à Molesme que Robert, Albéric, Étienne et trois autres moines s'en allèrent à Lyon trouver le légat pontifical, Hugues de Die, pour lui exposer la situation. Celui-ci les autorisa à fonder un "*Novum Monasterium*", à condition d'y rassembler tous les volontaires de Molesme qui, comme eux, voudraient vivre plus strictement la règle de saint Benoît.

Munis de l'autorisation du légat, Robert et ses compagnons exposèrent la situation à la communauté. Un grand nombre de moines, vingt-et-un, semble-t-il, décidèrent de suivre Robert.

Le lieu qu'ils choisirent, dénommé plus tard "La Forgeotte", se trouve non loin de la route qui, de Molesme, en passant par Dijon, menait à Lyon. C'est un véritable désert, lieu "inhabité", situé aux confins du diocèse de Chalon, à la limite du Duché et du Comté de Bourgogne, près des eaux stagnantes de la Vouge, dans une clairière peuplée de roseaux (cistels) et peu mise en valeur. Les propriétaires, le vicomte Renard de Beaune et son épouse Hodierne, leur firent don de la terre "*pour la rémission de leurs péchés et le soulagement de l'âme de leurs ancêtres*".

Il fallut néanmoins aux fondateurs faire face à bien des difficultés.

Tout d'abord, les moines de Molesme dépêchèrent leur nouvel abbé Geoffroy en Cour de Rome pour obtenir du pape le retour immédiat de Robert. Geoffroy s'y montrait favorable, puisqu'il se disait prêt à se démettre de la charge qui lui avait été confiée. Le pape, convaincu de la validité

de cette demande, y accéda, croyant que Robert s'était rendu seulement par piété personnelle, comme il en avait l'habitude, dans un des ermitages dépendants de Molesme et que son retour se faisait quelque peu attendre… Manifestement, il y avait un malentendu, le Pape n'étant pas au courant de ce qui avait été fait et régulièrement fait. Embarrassé, Hugues de Die, le légat pontifical, rassembla une assemblée de sages et de notables. Après avoir recueilli leurs avis, il adressa aux moines du Nouveau Monastère ses conclusions, demandant à Robert de retourner à Molesme. Parfaitement obéissant, celui-ci n'offrit aucune résistance à l'ordre pontifical. Il se démit ausitôt de sa nouvelle responsabilité pour retrouver l'ancienne. Mais la plupart de ceux qui l'avaient suivi voulurent repartir avec lui. Une demi-douzaine de frères seulement restèrent sur place. On

La fondation

Façade de l'église vue du Nord-Ouest

comprend alors la sage démarche que fit presque aussitôt Albéric lorsqu'il prit la succession de Robert. Il alla trouver le pape pour obtenir de lui un privilège protégeant le Nouveau Monastère et interdisant à quiconque de recevoir des moines venant de celui-ci sans accord préalable ; ce qu'il obtint sans difficulté.

Par ailleurs, tout restait à construire et la précarité était extrême.

Cependant, sur le plan matériel, tout allait bien puisque, à la demande du légat, le Duc Eudes de Bourgogne avait pris sous sa protection le monastère, lui offrant tout le nécessaire en terres, prés et troupeaux, le gratifiant même d'une vigne dès la Noël 1098, année de leur implantation. De plus il prit à sa charge la construction des bâtiments qui était en cours.

Mais pour le très petit nombre de moines restant, faire face à toutes les nécessités de la vie fut une rude épreuve. Les temps furent difficiles durant la première décennie du monastère, jusqu'à la mort d'Albéric en 1108. Sans doute y eut-il quelques entrées. Mais elles se firent sans succès durable, parce que la vie était trop dure au Nouveau Monastère, selon ce que nous laissent entendre les textes.

À l'avènement d'Étienne Harding, les circonstances se montrèrent enfin plus favorables. Son courage n'avait d'égal que sa persévérance. Il avait été formé depuis son plus jeune âge dans le giron monastique à Sherborne. Arrivé à l'âge de l'adolescence, il avait fui sur le continent pour y recevoir une formation plus poussée. Puis un jour, avec son ami le clerc Pierre, il était parti en pèlerinage à Rome. Ce fut pour lui une sorte de noviciat. Au retour, ils choisirent la route qui les conduisait dans certains monastères très fameux dont ils avaient entendu parler. On peut penser qu'ils firent ainsi halte à Vallombreuse et à Camaldoli, deux fondations bénédictines récentes. Et c'est sur ce chemin de retour qu'ils furent séduits par Molesme au point d'y rester.

Ainsi Étienne partagea-t-il pendant quelques années les évolutions de ce monastère sous la houlette de Robert et l'inspiration exigeante d'Albéric. Il les suivit à la *cella* d'Aulps, puis participa à la fondation du Nouveau Monastère. Il resta enfin auprès d'Albéric après le départ de Robert et mit toutes ses compétences au service de la petite communauté.

À la recherche de l'authenticité

Tout d'abord, Étienne s'attacha à retrouver le texte primitif de la Bible à partir de diverses traditions qu'il avait sous les yeux grâce aux livres gracieusement prêtés. Il le fit avec une grande conscience, car il s'agissait du Texte Révélé sous l'inspira-

14 La fondation

Le monastère dans son écrin de verdure, vu du Sud-Est

tion même de Dieu. C'est dire l'autorité dont ce texte était revêtu et l'importance qu'il y avait à le retrouver dans sa formulation précise, afin de ne pas donner valeur divine à un texte où se mêleraient des gloses sinon des erreurs.

Il fallait retrouver la tradition de la Bible dans sa version hébraïque, celle qu'avait connue Jésus, celle que saint Jérôme, au IVe siècle, s'était efforcé de retrouver à l'école des rabbins. Étienne Harding le comprit en étudiant les commentaires scripturaires de Jérôme, qui lui parurent des textes essentiels. C'est pourquoi ceux-ci furent copiés et enluminés très tôt à Cîteaux en même temps que le texte même de la Bible. Étienne se mit, par conséquent, à accomplir la même tâche que Jérôme, interrogeant lui aussi les rabbins qu'il rencontrait, sur les passages qui faisaient difficulté. Il se livra à une correction minutieuse du texte sacré dans un souci très exigeant et très moderne d'authenticité, qui apparaît aujourd'hui comme une caractéristique majeure de la "réforme" cistercienne.

Il fit preuve de la même exigence en ce qui concerne la tradition liturgique du chant. Voulant être en tout conforme au vœu de saint Benoît, il envoya des moines enquêter à Milan sur la tradition des hymnes ambrosiennes que la règle bénédictine demandait de chanter. Parallèlement, il en envoya aussi à Metz où, de notoriété publique, l'école de chant conservait la tradition la plus exacte du chant appelé aujourd'hui – sans doute à tort! – grégorien.

Cette double enquête parut alors satisfaisante. Mais des esprits très critiques la remirent en cause à la mort d'Étienne, et même sans doute avant. C'est donc dès 1134 que l'on chargea l'abbé de Clairvaux, Bernard de Fontaines, de superviser une nouvelle réforme. Tout le détail de ces démarches nous est présenté dans l'introduction du traité sur le chant.

Le souci d'authenticité d'Étienne fut toujours nettement affiché, même si les résultats ne furent pas toujours à la hauteur des espérances.

On comprend aisément qu'après tant d'efforts, il fut décidé qu'en partant fonder une nouvelle communauté, les moines emporteraient avec eux un exemplaire de ces livres réalisés avec tant de soin et porteurs de l'esprit animant le Nouveau Monastère. Il en était déjà ainsi, d'ailleurs, lorsqu'ils avaient quitté Molesme car on imagine mal une colonie de vingt-et-un moines partant sans un minimum de bagages, c'est-à-dire sans un minimum d'objets, et en particulier les livres nécessaires à l'exercice du culte et de la vie spirituelle.

Les décisions prises par la suite seront très nettes. On veut se démarquer du "luxe pour Dieu" qui a cours dans les grands monastères de moines noirs.

*Étienne Harding et l'abbé de Saint-Vaast
offrant leur monastère à la Vierge.
BM. Dijon, ms. 130, f° 104,
saint Jérôme, Commentaire
sur le livre de Jérémie, livre VI*

Enluminures et réforme cistercienne

Les premiers manuscrits de Cîteaux, apportés par les frères de Molesme, sont en fait des manuscrits bénédictins de Saint-Vaast. Et ce sont eux qui vont inspirer certains des premiers manuscrits copiés au Nouveau Monastère.
Le texte du légat Hugues de Die demandant à Robert de rentrer à Molesme fait état de "la *capella* et d'autres choses", comme par exemple un *breviarium*, qui devra être restitué, après copie, avant le 24 juin suivant. Il est probable que l'exigence de la restitution était liée au fait que ce livre appartenait aux moines bénédictins de Saint-Vaast dans le diocèse d'Arras – en fait, ce livre n'a jamais été restitué et nous ignorons pourquoi. La stylistique ornementale de deux autres manuscrits de Cîteaux est tellement proche de celui-ci que l'on est tout naturellement enclin à penser qu'ils ont la même provenance. Il s'agit d'ailleurs de deux ouvrages de base dans toute bibliothèque monastique. Tous deux ont comme auteur Grégoire le Grand, à qui nous devons la biographie de saint Benoît contenue au livre II de l'un de ces deux ouvrages : *les Dialogues*. L'autre manuscrit est un recueil de quarante homélies évangéliques. Les moines appréciaient ces textes, ainsi que d'autres du même auteur, qu'ils s'attachèrent à copier le plus rapidement possible.
Dès 1111, la moitié des livres qui composent les *Moralia in Job* est copiée et enluminée à Cîteaux. Ces enluminures, comme celles de la Bible d'Étienne Harding copiée à partir de 1109, sont dans la tradition de l'enluminure bénédictine. Depuis quelques années, les lettres ornées nous en sont bien connues. Elles témoignent de scènes de la vie quotidienne au monastère dans ses débuts : défrichage, vendange, moisson, battage, pliage de drap, mais évoquent aussi des fêtes et des combats. La suite réalisée peu après poursuit dans le même sens avec des scènes de vie seigneuriale, tout en accentuant les thèmes du combat spirituel avec la présence de nombreux démons et chimères, de personnages et d'animaux hybrides issus de l'imaginaire et qui n'ont rien à voir avec la gravité monastique.
On peut aisément admettre, comme Rudolph Conrad, que de telles images aient choqué saint Bernard lorsqu'il était novice à Cîteaux, et que ses critiques exprimées plus tard, vers 1125, à l'encontre des bénédictins dans son *Apologie de la vie cistercienne* écrite à la demande de son ami, l'abbé bénédictin Guillaume de Saint-Thierry, visaient également – de façon à peine voilée – certaines pratiques mises en œuvre au Nouveau Monastère.
Pourtant, si les façons de faire restent telles qu'elles ont été chez les moines noirs, il est incontestable qu'un effort de simplicité s'impose chez les cisterciens, tant du point de vue de la conception des lettres décorées que des couleurs utilisées. Les ors sont rares et employés essentiellement dans la Bible et seulement pour souligner des points importants (couronnes royales, croix du Christ dans l'auréole). Les autres usages se limitent à quelques ornements de pleines pages initiales d'ouvrages pour lesquels on veut manifester une grande vénération. Le plus souvent, les couleurs utilisées sont simples et rarement en aplat, préférant laisser apparaître le parchemin et ne souligner avec la couleur que les ombres du relief des corps.

hoc uirtus meruit. paruul de hoc tribuit.

La fondation

D'une façon générale, sauf exception, les liturgies monastiques sont réservées aux moines et à eux seuls. Il n'est donc pas nécessaire d'avoir un clocher pour appeler à la prière. Un simple clocheton suffira pour rassembler la communauté monastique travaillant à proximité. Cela apparaît tellement évident qu'aucune prescription dans ce sens-là ne sera édictée dans les premières années.

Très tôt, dès que la nouvelle congrégation commence à connaître une expansion importante, on recherche ce dépouillement qui deviendra une caractéristique cistercienne, et ce en tout domaine, en particulier sur le plan liturgique.

Il en va de même quant à la nourriture : pas de pain blanc, même les jours de grandes fêtes, mais un pain grossier préparé avec du son. Cette loi ne sera pas imposée aux malades, ni aux hôtes, auxquels on donnera du pain blanc (cf. IC. XIV). À l'intérieur du monastère, personne n'aura le droit de manger de la viande ou de la graisse, sauf ceux qui sont vraiment malades et les ouvriers embauchés au service du monastère (IC. XXIV).

Toutes les décisions vont s'imposer petit à petit et être décidées solennellement par le Chapitre général lorsque le Nouveau Monastère engendrera des abbayes-filles. Cela ne se fit pas tellement attendre après l'élection d'Étienne Harding. Dès 1112, on envoya un petit essaim de moines fonder La Ferté, en raison de la pauvreté qui ne permit pas à l'abbaye-mère de subvenir aux besoins de ses moines. En effet, en fondant on espère trouver de nouveaux donateurs et pallier ainsi les insuffisances économiques de l'abbaye-mère.

Circonstances de la fondation de Fontenay, fille de Clairvaux

C'est dans ce contexte pas très glorieux de débuts difficiles que peu après, animés d'un ardent idéal d'austérité, le seigneur Bernard de Fontaines et ses compagnons vinrent frapper à la porte du Nouveau Monastère. L'histoire en est suffisamment singulière et connue pour qu'il ne soit pas nécessaire de la rappeler en détail ici. Bernard convainc quatre de ses frères, Guy, Gérard, André et Barthélemy, deux de ses cousins, Geoffroy de la Roche Vaneau et Robert, et d'autres amis dont le nombre fut au total initialement de trente-deux ou trente-trois, mais dont trente seulement entrèrent au Nouveau Monastère. Parmi eux, deux de ses oncles maternels, Miles et Gaudry, originaires de Montbard, d'ailleurs très liés à Molesme, comme nous l'apprend le Cartulaire de cette abbaye. C'est dire que les tensions entre Molesme et Cîteaux se sont apaisées. Cette entrée de Gaudry, confident de son neveu Bernard, que l'essentiel de sa famille suivit aussi dans l'état religieux,

La fondation | 19

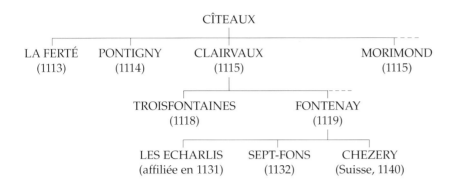

fut, après la fondation de Clairvaux (1115) et de Trois-Fontaines (1118), le point de départ de la fondation de Fontenay. En effet, son aîné Gautier, sire de Touillon par sa mère, céda entre 1113 et 1117 à l'Église d'Autun – c'est-à-dire à l'évêque Étienne – son château de Touillon, sur les terres duquel s'élèverait Fontenay. Ce fut, comme nous l'apprenons par la charte de donation, la conséquence de sa décision de se faire lui-même moine.

Étienne de Bâgé était alors évêque d'Autun (1112-1139) depuis un peu plus d'une année. On sait fort peu de chose sur ses origines. Peut-être sa famille était-elle de Bâgé-le-Châtel dans l'Ain ? Toujours est-il que, dès 1116, il fit des démarches auprès de Guy de Châtel-Censoir, second abbé de Molesme, successeur de Robert décédé en 1111. Nous avons dans le cartulaire l'acte par lequel l'abbé, avec tout le "convent" de ses frères, répond favorablement à la demande formulée le 15 août, en chapitre, par le clerc délégué de l'évêque pour recevoir la terre où est mort l'ermite Martin, "*ainsi que ses dépendances, en vue d'y établir une abbaye de frères vivant sous la règle de saint Benoît*". L'évêque avait-il déjà à cette date-là un projet précis ? Avait-il reçu une demande de saint Bernard qui connaissait, de par sa famille maternelle, ce lieu ? On peut le supposer sans en avoir la certitude, car la première fondation de Clairvaux fut projetée dès 1116 à Trois-Fontaines en Champagne, sur la demande de Guillaume de Champeaux, évêque de Châlons. Si des démarches avaient été entreprises déjà à ce moment-là pour une implantation à Fontenay, pourquoi avoir donné la priorité à Trois-Fontaines ? Quoi qu'il en soit, devant le succès des missions de saint Bernard, notamment celle qui eut lieu auprès des clercs de Châlons, l'évêque de cette ville offrit dès 1117, avec l'aide d'Hugues de Vitry, fils de Thibaud II de Champagne, le lieudit Trois-Fontaines, qui devint donc la première fille de Clairvaux en 1118. L'abbaye de saint Bernard connaît à partir de cette date sa pleine expansion, avec de nombreuses recrues "*prises dans les filets*" du saint abbé, selon la jolie expression de son biographe, Guillaume de Saint-Thierry.

Le choix du site de Fontenay

Fontenay, bien que créée après Trois-Fontaines, manifeste tant de points communs avec le site de son abbaye-mère, Clairvaux, que l'on peut penser qu'elle fut particulièrement chère au cœur de Bernard.

Si le site de Clairvaux fut choisi directement par lui et non, comme c'était l'habitude, par l'abbé de Cîteaux, Étienne Harding, en raison de circonstances exceptionnelles – l'essaimage retardé de

La tour des écrevisses dans la vallée vers Touillon

Morimond à cause de la résistance du fils du donateur Odolric d'Aigremont, obligeant à précipiter la fondation de Clairvaux –, de même le site de Fontenay fut-il choisi par Bernard, comme le révèle son intervention auprès de son oncle Rainard de Bar qui fit don de cette terre à l'évêque Étienne d'Autun : "*propter amorem Domni Bernardi abbatis Clarevallensis nepotis sui*", c'est-à-dire "pour l'amour de Dom Bernard, abbé de Clairvaux, son neveu".

En lisant la description du site primitif de Clairvaux que donne Guillaume de Saint-Thierry dans la *Vita Bernardi I^a*, on croit avoir sous les yeux la description même du site primitif de Fontenay, qui depuis les origines n'a guère connu de changement : "*Par son site, cette vallée solitaire, placée au milieu d'épaisses forêts, et entourée de tous côtés de montagnes très rapprochées, représentait en quelque sorte à tous les serviteurs de Dieu qui venaient s'y cacher, la grotte où notre père saint Benoît fut découvert un jour par les bergers ; elle rappelait l'habitation et, si je puis parler ainsi, la forme même de la solitude de celui dont ils imitaient la vie*" (L. I, c. VII, 34). Le site monastique claravallien idéal est ici décrit. C'est celui qui évoque le mieux la grotte de saint Benoît, celle dans laquelle il vécut le fameux "retour sur soi" dont nous parle saint Grégoire dans sa biographie du saint. Car il s'agit d'habiter avec soi-même (*habitare secum*) pour retrouver, selon l'expression de saint Augustin dans ses Confessions, celui qui "est plus intime à moi-même que moi-même". L'idéal monastique étant ainsi défini comme une quête de désir, de recherche d'unité (*monos*) de soi-même pour mieux s'unir à Celui qui est Trine et Un en même temps, le choix du site apparaît comme un élément conditionnel très important.

Un tel idéal de vie ne pouvait, selon Guillaume, que susciter l'enthousiasme. Aussi se plaît-il à nous raconter la vision que Bernard eut une nuit dans son très grand désir de fécondité spirituelle. Toutefois, on se souvient comment cet idéal très exigeant avait plutôt, selon l'auteur du Petit Exorde, fait fuir les candidats qu'il ne les avait attirés à Cîteaux. Aussi la crainte pouvait-elle se faire d'autant plus sentir à Clairvaux que le retrait en un lieu caché était plus grand. Il en fut certainement de même à Fontenay, bien que les informations nous manquent à ce sujet.

On le verra, il faudra à Clairvaux, comme à Fontenay, songer quelques années plus tard à se déplacer vers un site moins étroit pour reconstruire un monastère aux dimensions adaptées au nombre sans cesse grandissant de moines. Ici, apparaissent déjà quelques traits significatifs de ce que, dans les textes de saint Bernard, l'on trouvera exprimé dans les années ultérieures pour montrer la signification symbolique que prend le site dans la spiritualité cistercienne.

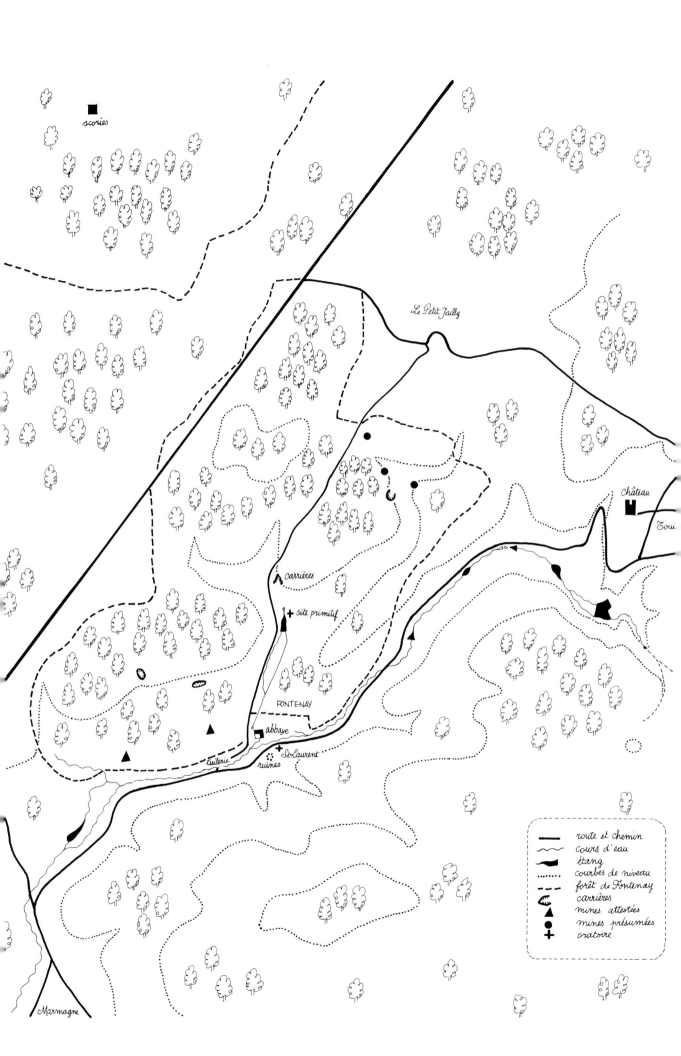

La géographie mystique et symbolique du site chez saint Bernard

Dans un sermon pour la fête de saint Benoît, Bernard présente la vallée comme le site idéal parce qu'elle est " *le lieu fertile où ruissellent les eaux qui descendent le long des flancs escarpés des montagnes*" (S. 4, *Opera Omnia*, V, p. 3). Elle est donc, de par sa morphologie, le symbole par excellence de la terre qui reçoit sa fécondité de l'abondance des grâces spirituelles, lesquelles dévalant les pentes des collines voisines, se regroupent pour donner aux plantes des épis qui deviennent lourds de fruits, la semence rendant au centuple. A plusieurs reprises, Bernard utilise cette image des jeunes plantes, auxquelles il compare les moines que le Seigneur a établis en des terres situées au milieu "d'horribles et vastes solitudes".

L'abbé de Clairvaux concevait le val comme le symbole du creuset où se construit la vie mystique, dont la pierre angulaire est l'humilité. Thème qu'il ne cessera de conserver en mémoire et d'approfondir tout au long de sa vie religieuse, tant il le considère comme central dans la pensée monastique et singulièrement dans la pensée de la règle bénédictine. Benoît n'a-t-il pas consacré un chapitre entier de sa règle aux degrés de l'humilité (c. VII) ?

Les débuts de Fontenay sous l'abbé Geoffroy

Nos sources ne nous permettent que très difficilement de savoir comment se sont déroulées les premières années de l'abbaye de Fontenay sous la houlette de l'abbé Geoffroy. Le site semblait idéal non seulement en raison de sa morphologie, mais encore parce qu'il y avait à proximité une source, donc de l'eau, de la forêt qui, outre l'usage que l'on pouvait en faire pour la construction et le chauffage, offrait aussi un retrait naturel, et des terres à mettre en valeur. Toutefois, en raison du petit nombre de terres défrichées – l'ermite Martin dans sa solitude avait peu de besoins –, les premières années furent vécues, comme ce fut le cas habituellement, dans l'inconfort et l'austérité, dans le travail de construction des bâtiments et de mise en valeur des terres. Nous n'avons pas idée aujourd'hui de l'ampleur des premières constructions ni de leur emplacement précis. Certaines monographies du siècle dernier laissent entendre qu'on voyait encore, au moment où elles ont été écrites, les fondations de l'ermitage primitif. La carte de Cassini (fin XVIIIe siècle) situe en ce lieu une chapelle dédiée à saint Bernard, peut-être construite en sa mémoire peu après sa canonisation en 1174. Aujourd'hui, il n'y a plus trace visible de la première implantation. La végétation a repris le dessus et l'on ne peut qu'imaginer.

En tout état de cause, ces années furent certainement exceptionnelles en raison même de la personnalité de l'abbé Geoffroy et de la vigilance pleine de tendresse de l'abbé de Clairvaux. Nous ne sommes sans doute pas loin de la vérité si nous osons affirmer que Bernard eut pour cette "fille" une attention toute particulière. Nous en avons déjà exprimé les raisons, auxquelles il faut ajouter les relations privilégiées qu'il entretenait avec Geoffroy, son parent, comme cela apparut de façon évidente par la suite.

Nous ne saurions affirmer avec certitude quel degré de parenté les liait. Alain de Flandres, qui se fit moine très jeune à Clairvaux avant de devenir abbé de L'Arrivour, puis évêque d'Auxerre où il meurt en 1185/86, le laisse entendre en disant qu'ils ont été élevés ensemble. Ce qui nous incite à lui accorder quelque crédit, c'est que la seconde Vie de saint Bernard qu'il écrivit s'appuie sur des souvenirs laissés par Geoffroy lui-même. En effet, dans son prologue, en donnant les raisons pour lesquelles il entreprend son travail, il dit : *"Le premier motif qui nous a porté à écrire cette Vie, c'est la prolixité de l'historien : même quand il ne s'écarte en rien de la vérité, il finit ordinairement par fatiguer le lecteur. En second lieu, Geoffroy, le vénérable évêque de Langres et compagnon de notre père Bernard dans la conversion selon l'esprit et coadjuteur de ses travaux, a noté dans les pages que nous entreprenons d'abréger plusieurs choses qui s'écartent un peu de la vérité, ce qu'il savait d'autant mieux que, ayant été élevé avec ce saint depuis l'enfance, il raconte ce qu'il a vu, tandis que les autres se contentent de rapporter ce qu'ils ont entendu dire. Mais surpris par la mort, ce vénérable prêtre laissa inachevée l'œuvre qu'il avait entreprise et qu'il aurait voulu mener à bonne fin."* On peut donc mener une enquête et se demander d'où vient ce lien de parenté. Peut-être est-ce à travers l'ascendance paternelle de Tescelin le Saur, père de Bernard, comme le suggère Jean Richard dans l'excellent ouvrage collectif *Bernard de Clairvaux* publié en 1953 à l'occasion du huitième centenaire de la mort du saint. Cette étude offre par ailleurs l'intérêt d'établir la parenté immédiate entre Geoffroy et Agnès, l'abbesse du Puits d'Orbe, sa cadette, et avec Gautier le Connétable, leur aîné, dont l'épouse Aanolz fut impliquée dans des donations importantes pour Fontenay, puisqu'elle était mariée précédemment à Rainard de Montbard. C'est tout un réseau familial qu'il serait intéressant d'étudier pour mieux comprendre les origines de l'abbaye.

La fondation | 25

Geoffroy de la Roche Vaneau et Bernard

Quoi qu'il en soit, saint Bernard avait une très grande estime pour Geoffroy, et ce fut la première raison de son choix comme abbé de Fontenay. Il le choisit peut-être aussi pour des raisons "politiques" puisque, comme nous venons de l'évoquer, Geoffroy, de par sa famille, connaissait bien ce lieu et pouvait espérer voir la fondation soutenue.

Bernard dédiera à Geoffroy entre 1121 et 1125 un très beau commentaire du chapitre VII de la Règle de saint Benoît sur l'humilité, intitulé *Des degrés de l'humilité et de l'orgueil*.

Son estime pour Geoffroy ne se démentit pas, puisque, après la démission de celui-ci comme abbé de Fontenay, en 1132 – on ignore les raisons qui ont conduit à cette décision –, Bernard non seulement le choisira comme prieur, mais lui confiera aussi de grandes missions ; nous l'apprenons dans diverses lettres. En 1139/40, Bernard usera encore de son influence auprès du pape Innocent II et du roi Louis VII pour que Geoffroy soit élu évêque de Langres. En 1146, Geoffroy sera encore auprès de lui à Vézelay pour s'efforcer de convaincre les seigneurs de se croiser, et il se croisera lui-même. Il accompagna souvent ensuite l'abbé de Clairvaux dans ses tournées.

À la fin de l'année 1162 ou au début de 1163, Geoffroy, après environ un quart de siècle au service de l'Église de Langres, se démit de sa charge pour rejoindre Clairvaux, où il mourut le 8 novembre 1166, non sans avoir fait construire au préalable une chapelle à l'endroit où saint Bernard était mort. Il reçut l'extrême-onction des mains d'Alain d'Auxerre, qui reprit ses *fragmenta,* nous l'avons évoqué, pour écrire la seconde Vie de Bernard.

Enfin, notons que durant les années très riches de son épiscopat, il ne manqua pas, à de nombreuses reprises, de manifester son fidèle attachement à son ancienne abbaye de Fontenay en confirmant de son sceau ses multiples possessions.

L'économie à ses débuts

Les Archives départementales de la Côte d'Or (15 H 9) conservent le précieux recueil (XIIIe siècle) des *vidimus* des actes épiscopaux confirmant les premières donations réalisées au XIIe siècle en faveur de Fontenay. Il n'est pas aisé, en raison des lacunes de ce document, d'établir avec précision comment s'est constitué le patrimoine de l'abbaye en ses débuts, mais il devint vite important.

L'économie primitive de l'abbaye fut donc fondée en grande partie sur l'usage des

La fondation

bois, dont on sait tout le rôle qu'ils jouaient pour l'élevage des troupeaux, les constructions et le chauffage. Les textes n'évoquent pas de façon explicite les "perrières" que l'on voit aujourd'hui, situées à quelques centaines de mètres seulement de l'implantation monastique sur les flancs des collines aux abords immédiats. Celles-ci d'ailleurs ne furent probablement pas utilisées dans les premières années de la fondation, mais ultérieurement, lorsque l'on décida d'entreprendre des constructions plus vastes et plus durables. On se contenta en effet, dans les débuts, des pierres plates très nombreuses sur les bords du chemin et affleurant en bancs stratifiés dans les rochers les plus proches du site.

C'est avec ce matériau tout prêt que, très vite après leur arrivée, les moines réalisèrent une chapelle capable de les accueillir tous, dédiée à saint Paul (le choix du saint patron est peut-être à mettre en relation avec le chapitre VIII du traité *Des degrés de l'humilité et de l'orgueil*). Bien que les moines du XVIIe siècle, Martène et Durand, dans leurs *Voyages littéraires*, n'en fassent pas explicitement mention en raison de son usage qui a alors changé, on peut penser que c'est bien elle qui subsiste presque tout entière dans le corps d'un des bâtiments, situé dans l'ensemble architectural que nous connaissons à l'heure actuelle.

Plus tard, ce bâtiment fut réemployé à d'autres fins. Aussi la "redécouverte" de son usage primitif est-elle toute récente, car pendant longtemps ce lieu sombre et voûté, avec de petites ouvertures aujourd'hui en partie bouchées par des constructions, fut interprété, en raison d'une inscription apposée à l'étage, comme étant une prison.

Nous aurons l'occasion d'en reparler au cours de notre visite.

La fondation

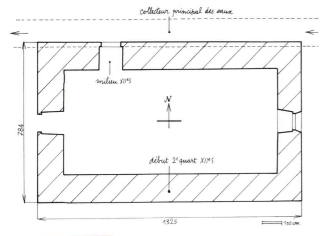

Le patrimoine initial de Fontenay

Lorsqu'Étienne de Bagé, en 1136, confirme à Guillaume de Spiriaco, second abbé de Fontenay (1132-1152), les dons passés et à venir de l'abbaye, il manifeste par là son soutien inconditionnel à la nouvelle fondation, mais il ne précise pas ces dons. Il faut attendre une charte de son successeur Humbert de Bagé, évêque d'Autun (1140-1148), adressée au même abbé Guillaume et confirmée au synode diocésain tenu à Autun en 1142, pour que nous puissions connaître les donations faites par son prédécesseur, l'évêque Étienne, sans en connaître toutefois parfaitement l'étendue ni la chronologie précise. Il s'agit : de la place et des bâtiments où vivait l'ermite Martin avec ses dépendances, du vallon de l'abbaye et de ses environs, de la grange du Petit Jailly (ou de Carmet) avec ses dépendances, de toutes les terres de la grange de Flay (ou Flacey), ainsi que du don d'un certain nombre de dîmes sur les granges d'Eringes, de Jailly, de Saint-Agnan, de Flay, de la vallée où se trouve l'abbaye (à cette date, il s'agit de la nouvelle implantation où se situe aujourd'hui cette abbaye), de toutes les dîmes à verser au diocèse d'Autun, sauf celles de la grange où se trouve le prêtre de Seigny. Le territoire de la grange d'Eringes (ou d'Aringes) avait été reçu de Rainard de Montbard. Il était possédé précédemment par les deux frères Renaud et Valon d'Aringes. Rainard l'avait acquis au terme d'un échange avec d'une part le chevalier Nariode, qui lui-même l'avait reçu par sa femme Gertrude (avec l'accord de sa sœur Maria), fille de Renaud d'Aringes, et d'autre part par Renaud et Valon, auxquels il avait donné, en échange du consentement d'Arnolde sa femme, le bois de Fontaines. Cet accord fut passé avant son décès, qui intervint en 1123. Il avait aussi donné le droit d'usage de tous ses bois et le droit de cultiver et d'ensemencer les terres qu'ils voudraient, sans avoir à payer de redevances. Bref, toutes facilités avaient été données aux moines pour leur installation, dès les débuts de la fondation.

Ces premières donations constituent le point de départ de l'expansion territoriale de l'abbaye sur une vingtaine de kilomètres vers le Nord, au-delà de la route actuelle qui relie Montbard à Châtillon, puisque les moines auront la lisière du bois qui s'étend de Fontaines-lès-Sèches à Nesles, Planay et une partie de Verdonnet, Calais (à condition que la partie nord du Grand Jailly ne soit pas mise en culture). À cela l'abbesse Agnès du Puits d'Orbe, sœur présumée de l'abbé Geoffroy, ajoute le désert de Fontaines-lès-Sèches attenant au territoire de Cestre (ou Segestre). Un accord passé avec l'abbaye de Jully – abbaye de femmes dépendante de Molesme – sur l'usage des bois de Fontaines et de Frace permit de clarifier la situation. On peut penser qu'outre l'usage du bois nécessaire à la construction et au chauffage, les moines mirent à profit ce territoire boisé pour le passage de leurs troupeaux en sous-bois, comme le voulait la coutume médiévale.

Grâce aux donations faites sur Eringes et Flay, l'abbaye s'étend vers le Sud sur un territoire moins boisé et plus vite exploitable en cultures. Rainard de Montbard eut à cœur de favoriser ainsi, lui aussi, le développement primitif de l'abbaye, quitte à opérer des échanges ou des achats. Il le fit "avec grande dévotion d'âme", " *pour le repos de l'âme de son père et de sa mère, pour la rémission de ses propres péchés et aussi pour l'amour de Bernard, abbé de Clairvaux, son neveu, et de ses frères Gaudri, moine, et Milon, convers, qui furent avec l'ermite Martin les premiers édificateurs de cette abbaye*". Le *vidimus* de 1273 de plusieurs chartes des évêques Geoffroy et Gauthier de Langres fait par Jean, évêque cardinal de Saint-Rufin et du Port, tend par conséquent à nous laisser penser que Gaudri et Milon ont aidé l'ermite Martin à construire ce qui constitua au moins le noyau primitif de la première implantation. Ceci ne veut pas dire pour autant qu'ils ont partagé sa vie érémitique. Mais il est clair qu'ils l'ont soutenue de leurs bienfaits. La tradition familiale favorable à Fontenay se maintint durant plusieurs générations, puisque le fils de Rainard, Bernard, ainsi que ses fils et son petit-fils André, comme le notifièrent successivement les évêques Geoffroy et Gauthier de Langres, ont confirmé les donations de leurs aïeux.

2
La construction
Lorsque l'Esprit fait jaillir de terre

Le changement de site

Très tôt, une dizaine d'années plus tard seulement, vers 1130 selon toute vraisemblance, il fallut songer à transférer le monastère auprès de cette chapelle Saint-Paul, car les lieux primitifs de l'ermitage se révélèrent trop exigus pour pouvoir, avec la croissance de la communauté, s'installer commodément sur un espace suffisant. Même si c'est, selon la tradition, la venue, sous l'abbé Guillaume de Spiriaco, du riche évêque Eborard (Ebrard ou Everard) de Norwich qui, fuyant la colère de son roi et accueilli au monastère, permit financièrement la construction de la nouvelle église, tout nous porte à croire que l'initiative en a été prise par l'abbé Geoffroy avant qu'il ne quitte Fontenay pour Clairvaux. Un argument milite, à nos yeux, en faveur de cette thèse. En effet, c'est sous l'impulsion de Geoffroy, alors prieur, qu'un transfert semblable fut envisagé, dès mars 1133, à Clairvaux, et ce malgré les réticences de Bernard, qui ne l'autorisa qu'en juillet 1135. On peut penser que, si Geoffroy eut finalement gain de cause pour cette entreprise, c'est en raison de l'initiative qu'il avait prise préalablement à Fontenay comme abbé et qui semblait encore aux yeux de tous judicieuse et fort heureuse.

Nous avons, dans la *Vie de saint Bernard* d'Ernald de Bonneval, une description du premier emplacement de Clairvaux et du nouveau lieu de son implantation. On croirait entendre évoquer le site de Fontenay, et c'est pourquoi nous voulons le citer ici : "*Ils (Geoffroy et de sages anciens) lui (Bernard) firent comprendre que l'endroit où ils s'étaient fixés était trop resserré, trop peu commode pour la multitude qui y était accourue, et comme tous les jours on venait à Clairvaux en troupes nombreuses, on ne pouvait recevoir les arrivants dans les bâtiments qu'il avait construits ; c'est à peine s'il y avait assez de place seulement pour les moines dans la chapelle même. Ils lui dirent de plus qu'ils avaient porté les yeux un peu plus bas sur une plaine considérable qui descendait jusqu'à la rivière dont elle était baignée, et qui offrait un espacement suffisamment spacieux où on pourrait pourvoir à tout ce qu'exige un monastère, l'établissement de prairies, de colonies, de halliers et de vignobles, et que, s'il n'y avait pas moyen de clore par une haie, on pourrait y suppléer sans peine par des murs de pierre, puisqu'il y en avait en quantité à cet endroit.*" (*Vita Bernardi*, II, c. V, § 29)

À Fontenay, nous n'avons aucune idée de l'ampleur qu'avait revêtue l'installation primitive, mais vu l'étroitesse de la vallée, il fallut très certainement songer assez tôt à un tel transfert. Le cas n'est pas rare chez les cisterciens, puisque la plupart des abbayes, pour une raison ou une autre, y furent contraintes, à commencer par Cîteaux. On se transporta donc au croisement du ru venant de la source de l'ermitage et de celui venant de Touillon, qui se jette dans la Brenne à Marmagne. Le terrain en avait été donné par Étienne de Bagé, l'évêque d'Autun, après une première donation de Gaudry de Montbard.

Les travaux préparatoires

Les eaux abondantes en ce lieu, ruisselant de plusieurs sources, imposèrent de très gros travaux d'assainissement et de collation, grâce à des canaux dont certains, souterrains, sont encore visibles à l'heure actuelle et font l'admiration des archéologues, notamment le grand collecteur qui a fait l'objet d'études récentes. On a retrouvé quelques éléments de canalisations en terre cuite qui ont été présentées à l'exposition réalisée à l'occasion du IXe centenaire de la naissance de saint Bernard, à Paris. L'hydraulique cistercienne est ingénieuse et elle intéresse beaucoup les chercheurs actuels.

À Fontenay, comme en maintes abbayes, il s'est agi d'abord d'assèchement des terres. Par conséquent, il fallut concevoir des réserves d'eau. En creusant des étangs, on parvenait non seulement à assainir le terrain, mais aussi à favoriser l'économie monastique, grâce au développement de la pisciculture et à la valorisation des terres devenues plus fertiles par le dépôt de limons. Le déplacement triennal de ces réserves d'eau, à l'instar de l'assolement des terres, s'imposa comme expression de l'habileté monastique à tirer parti de tout. À Fontenay, le plus important était de maîtriser l'afflux des eaux en certaines saisons. Il fallut donc concevoir en amont de l'abbaye des digues dont certaines subsistent et continuent à jouer leur rôle aujourd'hui, tandis que d'autres, pas toujours entretenues comme il convenait, donnèrent parfois aux moines la surprise de voir leur église inondée.

Aux origines de la construction, il n'en fut pas ainsi, car c'est avec un très grand soin que les bâtiments furent conçus et établis. On réservait généralement le terrain le plus élevé pour l'église, afin qu'elle fût toujours au sec et saine. C'était aussi le lieu le plus important et le plus fréquenté du monastère. Son rôle éminent est évident, puisque sept fois par jour les moines s'y rendaient pour chanter leurs offices liturgiques. Quant aux diverses pièces de la communauté monastique, elles étaient conçues autour du cloître selon un plan parfaitement étudié, presque toujours identique d'un monastère à l'autre, afin de permettre une circulation aisée, sans gêne ni perte de temps, dans les lieux de vie. Simplifiant le plan traditionnel des abbayes bénédictines qui s'inspiraient de l'esquisse de Saint-Gall, les cisterciens parvinrent très vite à une science consommée dans l'art de construire.

Qui étaient les maîtres d'œuvre et les artisans de la construction ?

Selon toute vraisemblance, les moines eux-mêmes assuraient, au moins pour une grande part, la construction. Le travail manuel faisait en effet partie de l'équilibre de vie recherché, ainsi que des orientations voulues par la réforme de Cîteaux. Les textes primitifs de la réforme le laissent entendre très clairement. Il ne faudrait pas exclure, cependant, la participation d'artisans et de manœuvres laïcs. En effet, ce que les textes primitifs évoquent pour l'économie agricole : "*Le travail aux granges sera assuré par des convers et par des serviteurs à gages*" (IC. VIII) laisse l'hypothèse ouverte en ce qui concerne le travail de construction du monastère, bien que nous n'ayons à ce sujet que peu d'information. Un seul texte ancien, celui d'Ernald de Bonneval, le dit nettement : "*On réunit les ouvriers sans aucun retard, et tous les religieux se mirent à l'œuvre partout à la fois...*" Les enluminures des *Moralia in Job* de saint Grégoire le Grand montrent la présence de ces ouvriers *mercenarii* travaillant aux travaux agricoles de concert avec les moines. Par ailleurs, nombre d'abbayes, certes de la seconde moitié du XIIe siècle,

La construction | 33

ont sur leurs pierres des marques de tâcheron encore visibles. Qu'en était-il précisément à Fontenay ?
Rien ne nous permet de penser qu'il n'en fut pas de même, bien que ces marques ne soient pas toujours apparentes. On en a pourtant retrouvé quelques-unes. Par ailleurs, il existait, comme cela est attesté au XIIe siècle, des moines qui avaient la capacité de diriger de tels chantiers, mais il leur était nécessaire de disposer d'une main d'œuvre relativement nombreuse, et parfois d'ouvriers qualifiés qui pouvaient avoir déjà fréquenté des abbayes dans lesquelles ils avaient acquis leur propre formation.
Il est clair que les monastères furent, dès les premiers siècles du christianisme, des écoles où l'artisanat tenait une grande place, puisque les moines étaient la plupart du temps les promoteurs de grandes constructions richement ornées. Ce sont les circonstances historiques qui expliquent ce fait, ainsi que les moyens financiers dont les monastères pouvaient aisément disposer grâce à la piété de riches donateurs et aux relations familiales savamment entretenues. Aussi est-ce en leur sein que se sont développés nombre d'ateliers dans tous les corps de métier, avant même que naissent dans le deuxième tiers du XIIe siècle les corporations, et avec elles la construction des grandes cathédrales, favorisée par la renaissance économique. Chez les cisterciens, comme maîtres d'œuvre autour de

1140, nous ont été transmis les noms de Geoffroy d'Ainai et d'Achard, qui étaient d'anciens "architectes" devenus moines. Le premier fut un des premiers compagnons de Bernard à Clairvaux, un des premiers convertis, nous dit même le biographe du saint abbé. Et dans un manuscrit de la Bibliothèque Nationale de France (Ms. lat. 17639, f° 12v), on lit qu'il "*édifia de nombreuses abbayes tant en France qu'en Angleterre et en Flandres*". Quant au second, il entra à Clairvaux vers 1124, où il eut à faire face à de nombreuses tentations dans les débuts de sa vie religieuse. En raison de ses connaissances spéciales en architecture, il fut envoyé dans divers monastères

et en particulier à Himmerod en 1134. Vers 1140, il eut à assumer la charge de maître des novices à Clairvaux et mourut vers 1170. Il est raisonnable de penser que l'un ou l'autre, si ce n'est l'un et l'autre, étant moines de Clairvaux, ont mis leurs talents au service de la construction de l'abbaye-fille, Fontenay, sous l'œil attentif et exigeant de saint Bernard. L'un et l'autre ont certainement eu à cœur de faire de leur architecture une expression visible de la pensée spirituelle de leur abbé, car, au vu des prescriptions données dans les statuts généraux promulgués par les Chapitres généraux, les abbés avaient une vive conscience de l'influence profonde qu'exerce le cadre extérieur sur la vie intérieure, comme l'écrivait Guillaume de Saint-Thierry aux chartreux du Mont-Dieu : "*Que ceux-là mêmes, à qui le souci de l'intérieur prescrit de mépriser et de négliger tout ce qui est extérieur, bâtissent pour eux, de leurs mains, selon l'idéal de la pauvreté, selon la sainte et gracieuse simplicité, selon les lignes sobres qu'ils ont héritées de leurs Pères. L'habileté des artisans ne fera jamais aussi bien que leur maladresse*" (Lettre aux frères du Mont-Dieu, § 36, S.C. 223, p. 263).

Programme idéal, certes, car il est évident qu'en pleine expansion, durant les premières décennies, il fut nécessaire de faire appel à des aides extérieures. D'ailleurs, même si les témoignages sont peu nombreux et ténus, nous avons dans le recueil des chartes de l'abbaye, comme témoins d'un acte de donation fait sous l'abbé Guillaume (1132-1152/54), les noms de Gauthier, maître en ciment (*magister cementarius*), de Milon (*cementarius*) et de Vital, charpentier (*carpentarius*). Il serait étonnant qu'ils n'aient pas participé à la construction, d'autant plus que l'acte dont ils furent les témoins concerne l'entrée comme convers de Beraud Cornu, qui fut administrateur des terres (*minister terrarum*) d'Hermesende de Venerre.

La construction | 35

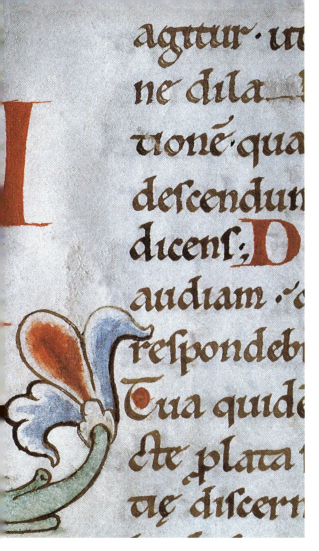

*Deux moines bûcherons.
BM. Dijon, ms. 170, f° 59,
saint Grégoire le Grand,
Morales sur Job, 1ᵉ partie*

Dans le cartulaire est évoquée la carrière de Barthélemy de Fresne, qui fut offerte à l'abbaye pour la construction de l'abbaye et de toutes les granges (*petrariam ad opus totius abbacie et grangiarum*). Elle se situait à moins de dix kilomètres du monastère. Pour l'extraction de la pierre, il fallut disposer de carriers professionnels, car les conditions de travail étaient très dures et nécessitaient une présence assez longue sur le chantier. Les carriers avaient besoin aussi de l'aide de manœuvres. Ceux-ci étaient plus souvent forcés par leurs maîtres que volontaires, et rarement utilisés à temps plein. Le plus souvent c'était en sus d'autres activités. Naturellement, lorsque ces ouvriers étaient des hommes dépendants des grands seigneurs, ces derniers espéraient, en les mettant à disposition de l'Église, en tirer un bénéfice spirituel pour eux-mêmes. Rares étaient les seigneurs qui, par pénitence et piété, participaient directement à l'édification des lieux consacrés ; nous connaissons toutefois quelques cas, suffisamment exceptionnels pour être mis en avant, sans avoir la certitude absolue qu'ils ont bien été réellement actifs dans la construction.

À Fontenay, il est encore possible aujourd'hui de se rendre dans les carrières situées sur les propriétés des moines, au-dessus de la source de l'ermite Martin. On est impressionné par la hauteur du mur de calcaire blond. Cela permet d'imaginer aisément les masses de pierres qui en furent extraites. Comment procédait-on ?

L'extraction de la pierre et son transport

La technique d'extraction n'a guère évolué jusqu'au siècle dernier. Les mêmes outils furent utilisés au fil des années pour équarrir les blocs. Les quelques documents anciens dont nous disposons à l'heure actuelle (vitraux, dalles funéraires, miniatures, traces des outils sur la pierre) en témoignent. Il est aisé de comparer ces représentations avec un matériel plus récent.

Pour "traire" la pierre avant l'usage de la dynamite, il n'existait d'autres moyens mécaniques que l'utilisation des propriétés naturelles des matériaux. Ainsi eut-on l'idée de fissurer la pierre par le jet d'une "lance" et de placer dans les fissures des coins en bois tendre qui, une fois mouillés, gonflaient et faisaient craquer la pierre en bancs. Ces derniers dégagés, il devenait possible d'en obtenir des blocs à l'aide d'outils tels que le crocodile, cette scie passe-partout à grandes dents actionnée par deux ouvriers. Les blocs étaient ensuite vérifiés à l'aide du "têtu", sorte de marteau pesant 5 à 6 kg, avec lequel on faisait sonner la pierre pour voir si aucune fissure cachée ne risquait de l'affaiblir. Puis avec le même instrument et la "chasse", sorte de burin en ciseau, on la dégrossissait pour en dégager les arêtes. Ensuite, avec le ciseau à grain d'orge et la massette en fer ou en bois dur, on précisait les arêtes du bloc qui, à l'aide d'un pic ou d'un poinçon, voyait son bossage disparaître. Le lissage des côtés était obtenu à l'aide d'une laye, marteau à taillant droit ou bretté. La trace de cet outil sur la pierre, que nous appelons "layage", nous permet aujourd'hui de déterminer l'époque de la taille. En effet, les usages n'ont pas été exactement les mêmes à l'époque romane, où le layage s'effectuait le plus souvent en stries obliques, et à l'époque gothique, où la pierre porte les traces très régulières de la bretture. Des études en cours tendent à préciser l'usage de ces outils et leur date d'utilisation en Bourgogne du Nord.

Le transport était une des tâches les plus onéreuses. Il fallait, en effet, beaucoup de temps aux attelages pour acheminer les mètres cubes de pierre nécessaires, et un nombre considérable de bœufs pour tirer sur des charrettes basses et plates les tonnes de pierres extraites. Le déplacement de chaque bloc se faisait à l'aide de leviers et à bras d'homme. Loin des villes, il fallait assumer toutes les charges relatives à la construction, depuis l'extraction jusqu'à l'édification du bâtiment. À titre d'exemple, Pierre du Colombier évoque le cas d'un chantier situé à 15 km de la carrière. Il estime qu'un joug de bœufs ne pouvait assumer plus d'un aller-retour dans la journée en transportant environ une tonne et demi, soit un mètre cube de pierre homogène, ce qui semble fort peu, vu la dimension des édifices. C'est pourquoi on cherchait toujours à trouver des carrières très proches du chantier de construction. Ce fut le cas à Fontenay, où la pierre calcaire à entroques se trouve en abondance sur les pentes tout autour du site de l'abbaye.

Le transport était réalisé sous la direction de charretiers, convers ou ouvriers payés pour cela, qui menaient les bœufs attelés.

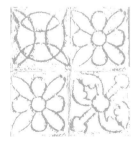

La préparation et la réalisation des constructions

Bien que nous soyons assez mal informés sur les techniques utilisées pour **l'établissement des plans** des bâtiments, il semble qu'à l'origine, les bâtisseurs aient beaucoup travaillé au sol en dessinant grandeur nature. Il est en effet significatif qu'aucun document des époques antérieures au XIIIe siècle ne nous soit parvenu. Or, le plus difficile n'est pas tant l'établissement du plan que la conception de l'élévation. Aussi devait-on procéder en traçant les figures géométriques sur le sol, préalablement recouvert d'une fine couche de matière meuble (plâtre ou argile), puis à l'aide d'instruments comme des baguettes d'inégale longueur, des orthogones (triangles de bois qui pouvaient tenir droit sur une surface plane), et d'autres instruments, on parvenait à projeter les effets des proportions. Les calculs étant approximatifs, ce sont les méthodes empiriques qui constituaient le plus souvent le savoir-faire transmis de maîtres à élèves. Beaucoup de traités de géométrie et d'algèbre écrits dans l'Antiquité ne parvinrent en Occident que tardivement par l'intermédiaire de textes arabes traduits au milieu du XIIe siècle dans les universités de la péninsule ibérique, fondées au contact de la culture musulmane. Auparavant il est probable, comme le pensent certains auteurs, que l'on réalisait des maquettes en cire ou en bois. Les dessins de Villard de Honnecourt semblent être davantage des esquisses que des schémas faits pour une réalisation ultérieure.

Grâce aux vitraux et aux miniatures de certains manuscrits, nous pouvons connaître quels étaient **les procédés de construction** utilisés antérieurement au XIIe siècle. Des documents plus récents peuvent venir les compléter, mais ils doivent être interprétés avec prudence en raison de l'évolution des techniques que connut la pleine période de construction du milieu du XIIe siècle. L'usage d'échelles et de plans inclinés empruntés par des hommes qui portent sur leur dos ou sur des brancards les matériaux – pierres et ciments – ou l'utilisation de poulies simples, actionnées par plusieurs hommes, comme système de levage, étaient courants. Parfois, l'existence de trous de boulin dans les murs semble indiquer l'utilisation d'échafaudages édifiés au fur et à mesure de la progression de la construction. On y fichait des poutres sur lesquelles reposaient des planches permettant aux ouvriers d'avoir un passage étroit contre les murs. On procédait aussi avec des plans inclinés ou des échafaudages reposant sur le sol, lorsque la construction n'était pas à un stade d'élévation trop avancé. Naturellement les techniques s'améliorèrent au fil du temps, notamment pour le levage des pierres grâce à un système de pince ou tenaille qui vint se substituer fort heureusement au système de la "louve" (pièce conique pénétrant dans un trou de la pierre et bloquée par des coins), procédé très long à mettre en place et dangereux. Le treuil à roue et le système de l'écureuil constituèrent par la suite un progrès significatif.

Il est bon de rappeler que seuls les parements des murs et les éléments les plus importants sur le plan architectonique étaient réalisés en pierre taillée. L'"âme" des murs, entre ces parements, était composée de déchets très hétérogènes, puisqu'il suffisait qu'ils fassent masse. On y mêlait un liant à base de chaux afin de stabiliser le tout, tandis que les pierres de parement ne recevaient qu'un lit généralement peu important de ce "ciment", les joints demeurant quasiment à sec. Il fallait des hommes spécialisés pour réaliser ce mortier et beaucoup de manœuvres pour le transporter. Les procédés utilisés étaient les mêmes, quels que soient la nature et l'usage du bâtiment. C'est ainsi que l'on est souvent étonné de constater aujourd'hui que le même soin était apporté à la construction des bâtiments agricoles ou utilitaires qu'à l'église. Le cas du bâtiment "de la forge" à Fontenay, extérieurement si semblable à l'église, en est un exemple parlant.

La construction

La Forge et son canal.
Vue du mur méridional

La sidérurgie à Fontenay

Un centre sidérurgique a été retrouvé à Fontenay ; il nous est donc possible d'imaginer le travail des moines pour extraire le minerai de fer qui devait ensuite être travaillé, affiné au feu, pour être utilisé dans la construction à des fins utilitaires (fabrication d'outils et de clous, réalisation de la ferronnerie des pentures des portes, des montants des verrières des fenêtres...). Les premiers cisterciens sont très vite passés maîtres en cet art. Fontenay acquit certainement une place privilégiée à ce sujet en Bourgogne du Nord, et l'on peut se demander dans quelle mesure il n'y eut point par la suite, entre abbayes cisterciennes, des échanges de produits, bref une spécialisation.

Mais avant que ne soit construite la forge – dont la configuration était d'ailleurs sensiblement différente de ce que nous voyons à l'heure actuelle, en raison des remaniements successifs – les moines de Fontenay durent utiliser des techniques très rudimentaires et anciennes, comme le firent les Romains, pour extraire du riche sous-sol de la colline voisine le minerai de fer recelé en assez grande quantité. Grâce à des études récentes menées sous la direction de Paul Benoît, les fouilles réalisées sur la colline qui fait face à l'abbaye côté ouest, ont permis de retrouver un certain nombre de puits d'extraction effectivement utilisés, ainsi que d'autres qui se sont révélés sans objet, et également les fours de réduction et les résidus en scories. Il est possible de s'y rendre en promenade.

Nous sommes géologiquement dans la strate dite du "Bajocien supérieur", dans laquelle s'intercalent de nombreux niveaux d'oolites ferrugineuses, comme on en trouve ailleurs en Bourgogne. Son extraction est relativement aisée, puisqu'elle se présente en grains plus ou moins gros dans des terrains peu profonds. Avec quelques poteaux placés dans le trou d'extraction, les mineurs élargissaient la fouille de manière à obtenir, au fond, une cavité plus grande et élargie vers le centre. Les puits ayant une profondeur de quelques mètres, l'extraction du minerai et celle des déblais se faisaient facilement sans transport dans des galeries étroites, et l'on n'était même pas obligé d'utiliser un treuil. Le puits se terminait dans son pourtour, à une hauteur suffisante pour que l'ouvrier pût atteindre la couche et en extraire le minerai en travaillant à genoux. Une fois le minerai sorti, il était lavé de son argile, que l'on récupérait pour la confection des fours.

Un moine du XIIe siècle du nom de Théophile, dont nous allons reparler, évoque dans son *Traité sur les arts* comment il convient de réaliser un fourneau pour y faire fondre le métal. Après avoir

L'art du vitrail selon le moine Théophile

Un autre artisanat fut développé avec l'art de construire : **la réalisation de verrières**. À ce sujet, nous sommes assez bien renseignés sur les techniques employées, grâce aux recettes laissées vers 1130, toujours par le moine Théophile que nous venons d'évoquer, dans son *Diversarum artium schedula*. Dans ce traité aujourd'hui incomplet comprenant trois livres, le moine Théophile rapporte tout d'abord l'art de préparer et d'utiliser la peinture sur divers supports et notamment pour les manuscrits (livre I). Puis, il traite de la nature du verre et de sa fabrication (livre II), et enfin de l'art du métal, et en particulier du travail des métaux précieux pour l'orfèvrerie liturgique (livre III).

En ce qui concerne la fabrication du verre, il faut commencer, nous dit-il, par couper des morceaux de bois de hêtre en grande quantité et les faire sécher. "*Ensuite, brûlez-les ensemble dans un lieu propre ; recueillez soigneusement les cendres, en prenant garde de n'y mêler ni terres, ni pierres. Puis, faites un four de pierre et d'argile*" – suit la description de ce four. Il précise les instruments nécessaires à ce travail : "*un tube de fer de deux aunes, de la grosseur du pouce, deux tenailles de fer battu à l'une des extrémités, deux cuillers de fer, et autres instruments de fer et de bois à votre convenance.*" Vient ensuite la description de la fabrication proprement dite : "*Les choses ainsi préparées, prenez des morceaux de bois de hêtre, parfaitement séchés à la fumée, et allumez du feu dans le four des deux côtés. Ensuite, prenant deux parties des cendres dont nous avons parlé ci-dessus, et une troisième de sable de rivière, soigneusement purgé de terre et de pierres, mélangez dans un lieu propre. Après avoir bien et longtemps mêlé, placez, avec une cuiller de fer, dans le plus petit compartiment du fourneau, sur le foyer supérieur, pour faire cuire, quand le mélange commencera à chauffer, remuez aussitôt de peur qu'il ne se liquéfie à la chaleur et ne se forme en pâte : vous ferez ainsi l'espace d'un jour et d'une nuit*" Il explique ensuite en détail comment faire les feuilles de verre en plongeant le tube de fer dans la matière en fusion, puis en soufflant dans le tube.

Il est évident que les résultats n'étaient pas aussi parfaits qu'aujourd'hui ; par conséquent les légers coloris naturels que l'on trouve notamment dans les verrières cisterciennes n'étaient sans doute pas voulus mais inévitables, à cause des sels minéraux contenus dans les matériaux de base. Cela ne posait d'ailleurs pas de problèmes majeurs, surtout si l'on se livrait par la suite à la coloration du verre.

Le moine Théophile évoquera encore la façon de faire fondre le plomb, l'usage de moules en fer ou en bois pour faire couler le plomb liquéfié.

On imagine volontiers que telles furent les méthodes utilisées par les moines de Fontenay, s'ils ont fait eux-mêmes leurs verrières, comme on est enclin à le penser.

recommandé le mélange de fumier de cheval avec l'argile, il écrit : "*à partir du foyer vers le haut, on fera un mur avec des morceaux de pierres et la même argile en forme de pot, de façon que, depuis le milieu au-dessus, il soit un peu plus étroit, et devienne plus haut qu'il n'y a de largeur ; on le liera avec quatre ou cinq cercles de fer, on crépira avec soin de la même argile le dedans et le dehors. Cela fait, on mettra des charbons ardents mêlés d'autres éteints : bientôt, le vent pénétrant par les ouvertures de dessous, sans le secours d'un soufflet, fait jaillir les flammes, et tout ce qu'on y place de métal se liquéfie sur-le-champ de lui-même.*" La durée de fusion était alors fonction de la température ambiante, selon la saison et suivant la direction des vents. L'usage du charbon de bois était nécessaire en raison des transformations chimiques qui s'opèrent. En effet, le gaz produit par le charbon de bois, l'oxyde de carbone, mélangé au minerai, permettait, grâce à leurs propriétés respectives, la réduction et la métamorphose des oxydes en métal.

L'organisation d'ensemble révélée par le plan du monastère

Le propos initial des cisterciens étant "*de vivre plus strictement et plus parfaitement la Règle du très bienheureux Benoît*", cette Règle sera notre référence constante pour interpréter les lieux et les choix qui ont été faits. Nous y ajouterons, lorsque ce sera opportun, les décisions capitulaires qui l'ont actualisée et complétée.
Le chapitre LXVI de la Règle, consacré au portier du monastère, précise : "*Le monastère, si faire se peut, doit être pourvu de tous les aménagements nécessaires : l'eau, le moulin, le jardin, les ateliers, en sorte que les diverses activités s'exercent dans l'enceinte des murs, et que les moines n'aient aucun prétexte à courir au dehors, car cela ne vaut rien du tout pour leur âme.*" Cette orientation semble si importante aux yeux de Benoît qu'il poursuit aussitôt en concluant le chapitre par ces mots : "*Nous ordonnons que cette Règle soit lue fréquemment en communauté, pour que nul ne puisse alléguer l'ignorance comme excuse.*"
Les Chapitres généraux des abbés le rappelleront à plusieurs reprises : "*Il ne serait pas convenable que soient construites des habitations à l'extérieur du monastère, à moins qu'il s'agisse d'y loger seulement des animaux : les âmes pourraient en effet trouver en cela une occasion de chute*" (IC. XXI), et déjà dans leurs toutes premières décisions : "*D'après la règle, le moine n'aura pas d'autre demeure que le cloître*" (IC. VI), et si l'on admet que l'on puisse envoyer le moine dans les dépendances agricoles que sont les "granges", on spécifie : "*pourvu qu'il n'y habite pas trop longtemps*". Par la suite, très vite, lorsque l'on aura suffisamment de frères laïcs destinés aux tâches agricoles (les convers), cette clause disparaîtra au profit d'une discipline plus stricte, interdisant les séjours des moines en ces lieux qui furent réservés aux convers ainsi définis : "*Le travail aux granges sera assuré par des convers et par des serviteurs à gages. Les convers sont vraiment pour nous des familiers et des auxiliaires ; autorisés par les évêques, nous les prenons sous notre responsabilité tout comme les moines ; autant que les moines, nous les regardons comme des frères ayant part à nos biens spirituels ainsi qu'à nos biens temporels*" (IC. VIII). Toutefois, sans remettre en cause cette égalité essentielle, leur statut sera précisé par la suite dans le fait qu'ils ne sont pas soumis aux obligations monastiques que constitue la célébration de l'Office liturgique. On les distinguera d'ailleurs extérieurement par le port de la barbe et par l'habit. Des bâtiments seront construits spécialement pour eux, parallèlement au bâtiment des moines, pour leur permettre de constituer une communauté

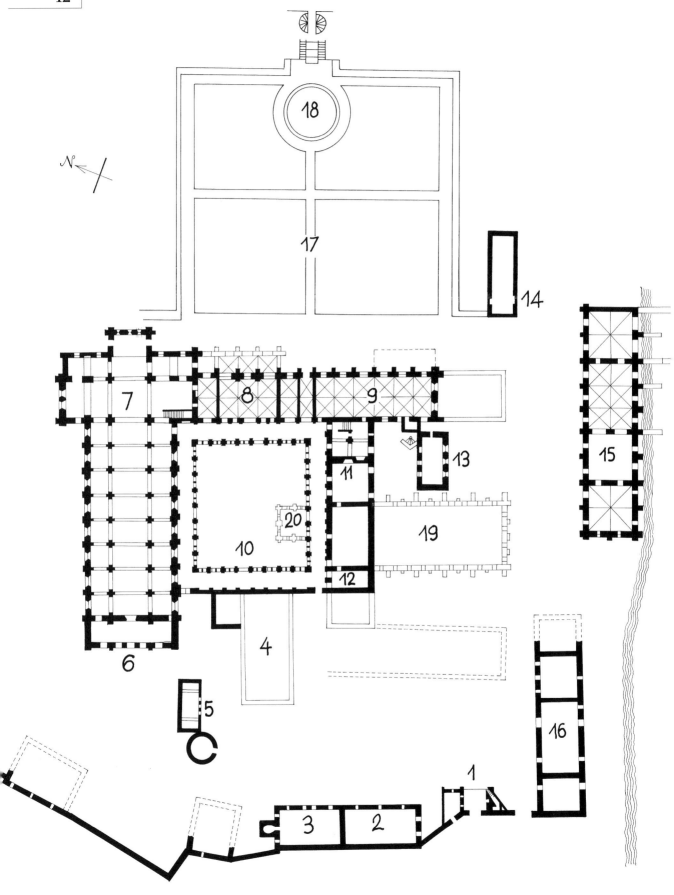

PLAN DU MONASTÈRE
1. La porterie
2. L'hôtellerie des hôtes de marque
3. La boulangerie
4. Le logis des abbés commendataires
5. L'habitat du maître-chien et le colombier
6. Le porche de l'église (détruit)
7. L'église
8. La salle capitulaire et au-dessus le dortoir
9. La salle des moines et au-dessus le dortoir
10. Le cloître
11. Le chauffoir
12. Les cuisines (détruites)
13. Chapelle Saint-Paul et l'enfermerie
14. l'infirmerie du XVIIe siècle
15. Le bâtiment dit "La Forge"
16. L'hôtellerie
17. Le jardin des simples
18. Le réfectoire du XIIe siècle (détruit) - bâtiment Séguin
19. Le réfectoire du XIIIe siècle (en partie détruit)
20. Le lavabo (détruit)
21. Emplacement du bâtiment des convers (détruit)

ayant son rythme de vie, des coutumes propres (*Usus conversorum*), et même par la suite une règle écrite pour eux. De plus, dès le départ, chaque filière était autonome et il n'était pas possible de passer de l'une à l'autre.

Le bâtiment des convers à Fontenay, aujourd'hui disparu, fermait le quatrième côté du cloître, du côté de la façade de l'Église, formant comme une protection entre les moines et le monde. De fait, le souci de toujours fut, pour le moine cistercien, de se tenir à l'écart du monde, du moins le plus possible ; c'est pourquoi on édifia un mur de clôture tout autour de l'ensemble monastique faisant du monastère une ville séparée, une sorte de Jérusalem à l'instar de la Jérusalem céleste, un sas intermédiaire entre le monde des hommes et le monde de Dieu : le *paradisus claustralis* (le paradis du cloître).

Le monastère figure de la Jérusalem céleste

La tradition monastique est, à ce sujet, très riche, caractérisée par une intériorisation de ce thème de la Jérusalem céleste, déjà présent chez les auteurs anciens pour parler de l'Église. C'est l'idée de la Cité de Dieu, chez saint Augustin au Ve siècle, pèlerine dans la cité des hommes. Les commentateurs de l'Apocalypse au Moyen Age interpréteront la vision de la Jérusalem céleste descendant du ciel, soit comme étant l'Église, soit comme la Cité de Dieu composée d'anges et d'hommes. À l'époque de la fondation de Cîteaux, dans la génération qui précède saint Bernard, Anselme de Cantorbéry conçoit la vie chrétienne comme une participation anticipée à la vie des anges. C'est pourquoi il admonesta fortement un moine pour qu'il renonce à la Jérusalem d'ici-bas, ainsi qu'aux trésors de Constantinople ou de Babylone, afin de s'engager résolument sur la voie de la Jérusalem céleste qu'est la vie monastique. Dans cette ligne, pour Bernard de Clairvaux la vie de la Jérusalem céleste est une vie angélique. Sur terre, c'est l'ordre monastique qui s'en rapproche le plus. De ce fait-là, le moine en est, de façon privilégiée, le citoyen. Il ne lui est pas nécessaire, par conséquent, de se rendre en Terre sainte. Aussi, en 1129, Bernard écrit-il en ce sens à Alexandre, évêque de Lincoln, dans le souci de défendre le chanoine Philippe qui, sur sa route de pèlerinage vers Jérusalem, décide, après s'être arrêté à Clairvaux, de s'y faire moine.

La porterie :
façade extérieure

Le monastère, école du service du Seigneur

Mais en attendant, il faut se livrer, corps et âme, au combat spirituel afin "*d'acquérir les qualités requises pour habiter dans les tabernacles du Seigneur*". C'est en vue d'aider à mener ce combat que saint Benoît écrit sa Règle, comme il l'explique dans le Prologue. Et, parce que "*nous ne saurions trop nous hâter d'accomplir à la lumière de la vie présente ce qui nous profitera pour l'éternité*", il faut entrer dans une "*école où l'on apprend à servir le Seigneur*". Telle est l'école bénédictine, celle où "*à mesure que l'on progresse dans la vie vertueuse, en même temps que dans la foi, le cœur se dilate et avec une inexprimable douceur d'amour, on presse le pas dans la voie des commandements de Dieu.*"

Pour cette école, trois lieux monastiques essentiels sont spécifiés dans le statut cistercien consacré à la fondation d'un monastère : l'oratoire (l'église), le réfectoire et le dortoir, trois lieux de vie commune auxquels sont ajoutées l'hôtellerie et la porterie ; preuve évidente du souci que l'on gardait des gens du monde, même si l'on faisait le choix de se mettre volontairement à distance de celui-ci. La vie monastique n'est donc pas une fuite du monde (*fuga mundi*) par refus du monde – ce ne serait pas chrétien, car Dieu s'est fait homme et il a partagé en tout la vie des hommes et les cisterciens à la suite de saint Bernard, vont redonner toute sa place à cette réalité – mais il s'agit d'une mise à l'écart volontaire du monde pour en retrouver les vraies valeurs. Ainsi l'hôte, quel qu'il soit, riche ou pauvre, devait être accueilli comme le Christ lui-même.

C'est pourquoi saint Benoît veut que le frère portier qui accueille soit choisi avec soin : "*A la porte du monastère se tiendra un frère judicieux, d'âge avancé, capable de recevoir et de rapporter un message et d'une maturité qui le préserve de rôder partout. Ce portier aura sa loge tout près de l'entrée, afin que les survenants trouvent toujours sur place quelqu'un avec qui traiter. Dès que retentit le heurtoir ou l'appel d'un pauvre, il dit de son côté Deo gratias ou Benedicite, et il se hâte, dans l'ardeur de la charité, de donner une réponse tout empreinte de religieuse bienveillance.*" (RB. LXVI)

La porterie

À Fontenay, c'est en longeant le mur d'enceinte qui, à l'origine, avant les guerres du XIVe siècle, était une simple haie, que nous parvenons au seul accès pour pénétrer dans le monastère depuis l'extérieur. C'était le passage obligé pour toute personne souhaitant entrer en contact avec les moines. Le retrait volontaire du

monastère cistercien par rapport à l'habitat et aux voies de circulation devait limiter les allées et venues des étrangers. Cependant, les coutumes et les droits acquis précédemment auprès des moines noirs semblaient donner aux bienfaiteurs seigneuriaux, pourvoyeurs des biens nécessaires à la vie des abbayes, le droit de venir tenir leur cour chez les moines. Il fallut s'en défendre, comme on peut le lire dans une des premières décisions attribuées à Étienne Harding dans le Petit Exorde, c'est-à-dire une dizaine d'années seulement après la fondation de Cîteaux : "*À cette époque, les frères, d'accord avec leur abbé, interdirent au seigneur de la contrée et à tout autre prince de tenir encore leur cour en cette Église à quelque moment que ce soit, comme ils avaient coutume de le faire auparavant lors des solennités*" (EP. XVII, 4). Il s'agissait en l'occurrence du duc de Bourgogne, qui s'était fait installer un chenil aujourd'hui détruit.

De telles scènes ne furent certainement pas absentes à Fontenay, même si, sous l'influence probable de saint Bernard, le Chapitre général édicta des règlements demandant plus de retenue et d'exigence.

Voyons donc maintenant, en visitant l'abbaye, comment elle incarne parfaitement ces orientations, en réalisant le plus extrême dépouillement et, dans l'architecture même, l'épuration des lignes, afin de faire de ce lieu une expression exemplaire de la spiritualité cistercienne, telle que la concevait et voulait la promouvoir saint Bernard.

3
L'église abbatiale
Atelier de la prière où bat le cœur du monastère

Aussitôt franchie l'entrée de l'enceinte de l'abbaye, une impression d'ordre et de grandeur nous envahit. Le monastère s'étend dans toute sa majesté sous nos yeux émerveillés. L'écrin de verdure sauvage des bois qui couronne les collines tout autour laisse désormais place à un site riant et organisé. Sans doute l'était-il plus sobrement à l'époque des moines qu'aujourd'hui. Il n'empêche que le contraste qui existait alors est bien parlant. La nature dans le monastère est domptée, civilisée en quelque sorte. Elle répond à l'idéal d'ordre que saint Bernard développe à plusieurs reprises dans ses œuvres comme signe de la présence de Dieu qui, du tohu-bohu initial, créa le ciel et la terre et tous ses habitants y plaçant l'homme fait à son image et ressemblance pour poursuivre son œuvre créatrice. Les moines participent, au même titre que tous les hommes, à cette œuvre civilisatrice. Leur monastère doit en être l'expression, aussi bien dans son environnement que dans son organisation. Tout est réglé pour qu'il en soit ainsi.

De fait, un sentiment peu commun de sérénité et de bien être nous envahit dès l'entrée dans l'enceinte de l'abbaye, comme si l'on se trouvait tout à coup transporté dans un autre monde, bien loin du bruit et du mouvement qui envahissent notre quotidien. Surgit alors un grand désir : découvrir quelle est la source de cette séduction mystérieuse qui monte en nous.

L'église abbatiale

Clef de voûte de la chapelle Saint-Laurent (XIIIe siècle). Agneau mystique

À droite : Pierre tombale d'Ebrard de Norwich. Détail

C'est donc poussé par la curiosité que l'on se sent conduit, après avoir marqué un temps d'arrêt, à pénétrer dans un univers qui recèle un si grand mystère.

Un plan du monastère, fort opportunément placé à l'entrée, permet de se repérer : au nord, l'église tournée vers l'Est, ayant sur son flanc sud le cloître entouré des bâtiments monastiques. À l'écart, dans l'enceinte, les bâtiments annexes. L'ensemble fut réalisé au fil des années et l'évolution architecturale reflète cette progression.

Découvrons tout de suite la construction la plus ancienne : **l'église**. C'est le lieu le plus important, celui qui devait requérir la plus grande attention dans sa réalisation, celui d'où tout part et où tout revient. C'est le lieu de l'offrande, de la louange et de l'intercession, de l'action de grâces aussi. C'est, à vrai dire, le cœur même du monastère, où la vie se renouvelle comme le sang se purifie pour mieux irriguer le corps tout entier. La prière liturgique communautaire est au cœur de la vie monastique : "*Sept fois par jour, je te louerai, Seigneur*", dit le psaume.

Voilà pourquoi l'église devait, dans la mesure du possible, être "orientée", c'est-à-dire tournée vers l'orient, vers le Christ, "*Soleil levant qui vient nous visiter*", afin de faire pleinement droit à sa signification symbolique. Nous verrons à l'intérieur de l'édifice l'importance que revêt la lumière, en relation avec la prière liturgique, pour favoriser l'expérience spirituelle dans sa plénitude.

Il était normal, par conséquent, que l'on commençât la reconstruction de l'abbaye par ce lieu si important, en y appliquant le plus rigoureusement possible les décisions d'austérité prises aux Chapitres généraux. Commencée en 1139, c'est-à-dire peu après la mort des fondateurs de Cîteaux, et achevée probablement en 1147, elle est une émanation de la seconde génération cistercienne. C'est d'ailleurs le plus ancien exemple architectural et le mieux conservé que nous ayons. Nous sommes sous l'abbatiat de Guillaume de Spiriaco, le successeur de Geoffroy de la Roche Vaneau en 1132. La dédicace de l'église date du 21 septembre 1147. Elle fut faite à l'occasion du passage du pape cistercien Eugène III en Bourgogne et en présence de dix cardinaux venus pour la circonstance, de huit évêques dont plusieurs cisterciens, de saint Bernard et de beaucoup d'abbés et d'ecclésiastiques. Un tel déplacement de hautes autorités ecclésiales s'explique par le fait que l'ordre cistercien est alors à son apogée : l'un des siens siège sur le trône de saint Pierre, et nombre de ses fils sont responsables de diocèses comme évêques. Geoffroy de La Roche Vaneau, l'abbé fondateur de Fontenay, a lui-même été installé par saint Bernard sur le siège de Langres quelques années auparavant. Il semble toutefois qu'il n'ait pu assister à cette cérémonie.

La rapidité de la construction et son homogénéité sont dues sûrement à l'habileté des bâtisseurs, mais aussi au financement qui ne connut aucune difficulté, grâce à l'aide généreuse du riche évêque Ebrard de Norwich. Celui-ci, fuyant le courroux de son roi Étienne, qui ne cessait de le poursuivre de façon insensée, avait été fraternellement accueilli par les moines. Aussi s'était-il fait construire un château au-dessus de l'abbaye, à moins que le duc de Bourgogne ne lui ait prêté celui qu'il avait fait édifier sur la colline méridionale, dite de saint Laurent. Les ruines en sont encore visibles aujourd'hui, ainsi qu'une clef de voûte de la chapelle, recueillie il y a quelques années et exposée dans une des salles d'exposition à l'entrée de l'abbaye. Mort quelques mois auparavant, Ebrard n'a pas assisté à la consécration de l'église. Les moines l'ont d'abord inhumé dans l'antique chapelle Saint-Paul, avant de transférer son corps dans l'église conventuelle lorsque celle-ci fut achevée. En signe de reconnaissance et de dévotion presque filiale, ils le placèrent devant le maître autel dans un tombeau digne de son rang. Mais en raison de ses dimensions monumentales, il fallut par la suite le supprimer à cause de la gêne qu'il occasionnait pour le bon déroulement des célébrations. La pierre tombale en fut néanmoins conservée comme mémorial. Elle est la première d'une longue série de sépultures, les prescriptions primitives (IC. XXVII) qui interdisaient d'ensevelir les laïcs dans l'église, ayant été assouplies au fil des siècles.

L'église abbatiale fut réalisée, comme

c'était la coutume, sur un plan en croix latine, avec une abside centrale et des absidioles donnant dans les bras des transepts. Elles furent toutes pourvues d'un chevet plat, et leur nombre calculé pour permettre à chacun des prêtres de la communauté, au départ en petit nombre, de célébrer la messe selon les dispositions prévues dans les usages monastiques. Ainsi, l'architecture de l'église, vue de l'extérieur, n'en imposait pas, contrairement à d'autres dans le monde monastique.

De même, il n'y avait ici ni clocher, ni tour attirant le regard ou exprimant une quelconque puissance féodale. Cela n'était pas nécessaire, puisque le monastère cistercien était fondé, selon les prescriptions des statuts, "*loin des villes et villages*" (IC. I) et que l'on avait fait le choix de ne pas célébrer d'actes sacramentels pour les populations environnantes. Un simple clocheton, placé au pignon mitoyen du transept et du dortoir, suffisait pour abriter la cloche qui rythmerait la vie communautaire et appellerait les moines à la prière.

Dans ses proportions, l'église ne manifeste par conséquent aucun souci de grandeur ou d'ostentation. Au contraire, son extrême sobriété extérieure témoigne de la pauvreté et de l'humilité choisies volontairement par les moines cisterciens, puisque Jésus, de riche qu'il était, s'est fait pauvre et qu'il est né dans une étable. Il n'était donc pas nécessaire de donner à l'église plus de magnificence qu'à un bâtiment utilitaire.

La façade : révélation d'un esprit

Cette sobriété nous apparaît au premier coup d'œil, dès que nous nous trouvons devant la façade ouest de l'église. Elle est à l'image de la *sobria ebrietas* dont parle saint Bernard et qui s'exprime pleinement à l'intérieur de l'édifice. En effet, l'utilisation d'un appareil de pierre différent dans la partie centrale et au niveau des deux collatéraux manifeste une savante et discrète recherche. Une impression d'élancement et de majesté s'impose dans la partie centrale

L'église abbatiale | 51

de la façade, peut-être parce qu'elle est bien soulignée de part et d'autre par deux contreforts, et par le léger décrochement des pentes des toitures des collatéraux.
Sept ouvertures parfaitement équilibrées viennent animer la partie haute. S'y expriment rigueur et vie, et comme une joie contenue. Elles sont placées en deux rangées superposées, séparées par une rangée de pierres saillantes formant un simple cordon. La rangée basse se compose de quatre ouvertures arrondies au sommet et de même dimension – trois fois plus hautes que larges – à l'ébrasement profond et ouvert. La rangée supérieure comporte trois fenêtres dont les deux extrêmes ont la même sobriété que celles du dessous et sont, par leur bord extérieur, rigoureusement alignées sur elles. La fenêtre centrale, au contraire, de plus grande dimension, est à cheval sur les deux fenêtres centrales du dessous. Elle donne à l'ensemble toute sa majesté. Ses proportions, en effet, sont dans un rapport harmonieux avec ses voisines, et dans leur commun mouvement d'élévation, on retrouve la forme triangulaire des pentes du fronton central. Son ébrasement, semblable aux autres, est cependant souligné par un élargissement de l'ouverture externe, encadrée de part et d'autre d'une fine colonnette portant chapiteau et tailloir et recevant un arc dont le dessin est marqué par une simple scotie, légère ligne d'ombre qui lui donne toute son élégance. L'admirable portail, dans la partie inférieure de la façade, y répond : on y retrouve de part et d'autre une colonnette et différents niveaux établis dans l'épaisseur du mur en son ébrasement, soulignés par les arcades qui surmontent la porte et son tympan. Seul l'œil exercé d'un esthète sera sensible au fait que, pour agrandir la porte au siècle dernier, les corbeaux latéraux soutenant le tympan ont été relevés de 48 cm, selon René Aynard, et le tympan diminué d'autant. De ce fait, il a fallu refaire les vantaux des portes en reprenant les dessins des pentures d'origine, si caractéristiques du travail cistercien, et les augmenter dans la partie supérieure d'une

L'église abbatiale

Le chevet de l'église vu du Sud-Est

L'église vue du Nord-Est

Pages suivantes : Le chevet de l'église

demi-penture dont le motif est légèrement différent. Les cordons de pierres placés de part et d'autre du portail pour rejoindre les contreforts et souligner le rapport des proportions (un tiers, deux tiers) de cette partie basse de la façade ont, du coup, perdu un peu de leur effet. Quant aux portes latérales qui ont été rebouchées, elles ne devaient pas faire partie du projet initial et ont dû être ajoutées a posteriori, car elles n'ont été réalisées ni à la même hauteur, ni de la même façon, ni au même écartement des contreforts. Elles déparent dans l'ensemble. Ce n'est pas le cas des deux petites ouvertures quadrangulaires placées au niveau des collatéraux, bien situées dans l'alignement des fenêtres de la rangée basse. Leur rôle était d'apporter de la lumière et sans doute un accès aux combles des bas-côtés.

Le porche aujourd'hui disparu

Comme le révèlent les corbeaux en saillie du mur et le cordon de pierre qui court à mi-hauteur de la façade, ainsi que la teinte des pierres, différente selon qu'elles ont été ou non à l'abri pendant des siècles, un porche avait été construit sur la façade ouest, en avant du portail central. Il a disparu, mais était encore visible au XVIIIe siècle. Les fouilles réalisées ont donné quelques précieuses indications sur sa profondeur. Il n'avait l'ampleur ni des tours-porches ni des narthex bénédictins et, par conséquent, ne jouait pas le même rôle liturgique qu'eux. Mais, à notre avis, outre son utilité pratique, son rôle esthétique n'était pas négligeable dans l'équilibre des volumes de la façade, diminuant l'austérité extrême de la partie basse. Il nous est possible aujourd'hui d'avoir une idée assez précise de ce porche, grâce au dessin au lavis conservé dans le précieux volume de la *Collection Bourgogne* de Dom Urbain Plancher, en dépôt au département des manuscrits de la Bibliothèque Nationale de France. Viollet-le-Duc, au XIXe siècle, en a pour sa part réalisé une reconstitution dessinée vue de l'extérieur. On peut aussi imaginer ce porche en le rapprochant de celui de Pontigny, puisque ce dernier subsiste à l'heure actuelle. L'un et l'autre

sont peu profonds, bien que celui de Pontigny ait deux travées et soit voûté en pierre. Il était placé à l'entrée d'une des plus grandes et des plus anciennes églises cisterciennes encore existantes.

Il est à noter que les *Ecclesiastica officia*, décrivant les usages liturgiques des communautés, ne font aucune allusion à l'existence d'un porche à la façade des églises. D'ailleurs, nombre d'églises cisterciennes du XIIe siècle n'ont pas de portail central, mais seulement deux petites portes correspondant à chacun des deux collatéraux, l'une donnant aux convers accès à l'église, l'autre, selon toutes vraisemblances, réservée aux étrangers. C'est le cas, par exemple, au Thoronet ou à Senanque, où l'on observe un départ de voûte en pierre le long de la façade de l'église partant du bâtiment des convers et allant jusqu'à leur porte comme pour leur ménager un abri. On peut par conséquent se demander si le porche n'était pas tout simplement un abri. Il est en effet généralement peu profond et aucun regroupement liturgique ne pouvait y avoir lieu. Ainsi, à la différence des usages que nous connaissons aujourd'hui depuis Vatican II, le samedi saint, la bénédiction du feu nouveau et du cierge pascal ne se faisait pas au Moyen Age à l'extérieur de l'église mais à l'intérieur de celle-ci. D'autres usages apparaissent cependant dans les textes. On trouve, en effet, dans le chartrier de Fontenay, sa mention à propos d'une donation faite "*in porticu ecclesiae*" par Olivier de Frôlois au nom de son beau-frère Haymon et en présence du moine Widon, oncle de son épouse Sibille, qui approuve l'acte. Ainsi cet acte prenait-il une valeur sacrée. En certains cas, des donateurs pouvaient y être enterrés : à Fontenay, c'est le cas d'Eustachie de Lusignan.

Avant d'entrer, écartons-nous de la façade et faisons quelques pas vers la gauche pour voir l'édifice côté nord.

Le chevet de l'église vu du Nord-Est

Le côté nord : l'austérité même

Le long vaisseau de la nef, avec ses 66 mètres, interrompu par le bras du transept, se développe sous nos yeux en huit travées que rythment des contreforts peu saillants. Avec les ouvertures hautes perchées des fenêtres du bas-côté, du même type que celles de la façade ouest, ils agrémentent de leurs lignes verticales d'ombre et de lumière l'austérité continue du mur. À l'horizontale, une ligne d'ombre et de lumière en frise intermittente est dessinée par les modillons à copeaux des corniches qui reçoivent les toitures et dont les pentes doucement inclinées vers nous portent des tuiles rondes à la romaine. Celles-ci, munies d'un double crochet en terre, sont d'un modèle peu courant. L'un des deux crochets placé à l'intérieur de la tuile permettait de la poser sur les fourrures d'arête de la charpente du bas-côté, tandis que l'autre, en forme de bec au dos de la tuile, la rend solidaire des autres, l'empêchant de glisser. Dans les salles à l'entrée de l'abbaye, quelques spécimens en sont présentés, réalisés dans la tuilerie du monastère aujourd'hui disparue. Selon des plans du XVIIIe siècle et une reconnaissance entreprise par l'équipe de Paul Benoît, celle-ci se trouvait hors de l'enceinte, à l'Ouest de la porterie, dans la vallée du côté de la Châtenière, à environ 350 mètres en allant vers Choiseau.

Toutes ces tuiles participent, par le jeu de leur forme en vagues d'ombres et de lumières, à donner à l'ensemble une impression de légèreté, rompant la monotonie de ce côté de l'église.

Revenons sur nos pas et entrons maintenant dans l'édifice.

L'église abbatiale | 57

Vue intérieure du mur du chevet dans sa disposition primitive supposée

Ci-dessous : Intérieur de la nef vers l'Est

La nef, lieu de pénombre et de mystère

En pénétrant, nous sommes saisis par la noblesse et le dépouillement de l'architecture. Une impression de majesté nous envahit et nous sommes portés, aussitôt après avoir franchi le seuil, à faire halte, comme s'il fallait se mettre intérieurement au niveau de l'atmosphère sacrée qui se dégage du lieu.

Notre regard est, en effet, porté à s'élever jusqu'à 16 m 70 du sol en suivant les lignes verticales d'ombre et de lumière que dessinent tout d'abord les pilastres quadrangulaires aux arêtes arrondies, plaqués contre les piles et simplement décorés de très fines lignes en scotie ; au-dessus des tailloirs des arcades basses, se profilent les demi-colonnes rondes placées à l'étage pour recevoir les arcs doubleaux à section carrée sur lesquels repose la voûte en berceau légèrement brisé de la nef.

Scandée par les doubleaux quadrangulaires, cette voûte conduit alors notre regard, par-delà la pénombre, jusqu'à l'arc triomphal de la croisée des transepts. Percé par cinq fenêtres étagées qui en soulignent le mouvement et donnent à la voûte de cette croisée une douce lumière, cet arc nous fait entrer dans l'éclat de la lumière du chœur, qui ne devait pas être aussi intense à l'origine. En effet, les trois fenêtres supérieures

L'église abbatiale

du mur plat du chevet ont été percées plus tard. Leur forme ogivale, leur ébrasement différent de celles de la rangée basse, ainsi que leur proximité manifestent une facture postérieure ; vraisemblablement, elles ont été substituées, à l'époque gothique, à une rose ou à un oculus initialement placé dans l'espace de la fenêtre centrale d'aujourd'hui. Cette disposition primitive, telle que nous l'imaginons, serait, en effet, plus conforme à ce que nous connaissons par ailleurs dans d'autres édifices cisterciens presque contemporains.

Le chœur : foyer de lumière et de vie

Le chœur quadrangulaire, tourné vers l'orient, était conçu pour recueillir, au moment de l'eucharistie, la lumière intense du matin, symbole du Christ "Soleil levant qui vient nous visiter" pour dissiper les ténèbres dans lesquelles nous nous trouvons, afin de nous conduire, tout au long du jour et de toute notre vie, au chemin de la paix. C'est ce que chantaient les moines chaque matin en reprenant le cantique de Zacharie au cours de l'office des laudes, dans l'espérance du Jour où il leur serait donné de voir Dieu face à face et de parvenir enfin à lui devenir semblables (cf. 1 Jn 3,2). Ainsi, dès l'aurore, dans la pénombre de l'église, les voix des moines encore sommeillant appelaient de leurs vœux cette lumière, préfiguration de la Résurrection éternelle.
La journée de celui qui a ainsi rencontré son Seigneur s'en trouve tout illuminée : *"Heureux celui qui te rencontrera dès le matin, assis au seuil de sa maison, qui pourra se tenir en ta présence et s'y tenir jusqu'au soir. Ainsi n'aura-t-il pas à te chercher en promenant ses regards inquiets parmi les brises légères, parce que tu te serais élevé d'un vol soudain"*, écrira Gilbert de Hoyland,

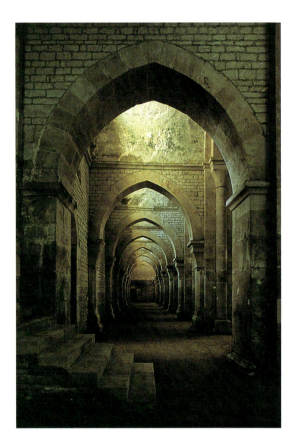

"car, Seigneur, tu te caches dans les ténèbres (Ps 17, 12). Tu es lumière et obscurité et tu habites une lumière inaccessible (1 Tim 6, 16)" (Troisième Traité ascétique, 1).

Accueillir le "Verbe" de Dieu comme la Lumière véritable : un travail quotidien

Telle est donc la tâche permanente du moine : scruter les mystères de Dieu et appeler le Seigneur à son aide. Car, bien que pénétré par la lumière divine, c'est paradoxalement l'expérience des ténèbres qu'il fait, la clarté de Dieu faisant apparaître toutes les ombres que produisent en son esprit les réalités extérieures, comme si elles se réfléchissaient en un miroir.
Aussi désire-t-il sans cesse être éclairé par la Parole de Dieu qui est comme une lampe sur le chemin, et par les saints qui, comme l'étoile de Noël, lui indiquent le chemin à

Les berceaux transversaux du bas-côté sud

suivre pour parvenir à la clarté divine. En effet, cette clarté s'offre à lui comme une ombre rafraîchissante qui fait sortir de l'ombre de la mort. Ainsi implore-t-il Dieu de le conduire de clarté en clarté, afin qu'il pénètre plus profondément dans les profondeurs de la lumière.

Telle est l'expérience que le moine vit chaque jour dans sa recherche de Dieu. L'architecture en est le théâtre et en témoigne symboliquement au fil des heures du jour et des jeux de lumière. Le chemin de lumière que l'on peut voir en certaines saisons et à certaines heures se profiler sur le sol de la nef centrale ou des bas-côtés rend merveilleusement palpable cette réalité invisible de la vie spirituelle, en la rappelant à nos cœurs de façon visible.

Une architecture qui favorise le "retour sur soi" pour purifier le cœur

Dès le petit matin, dans leurs stalles le long de la nef, les moines n'avaient que l'éclairage nécessaire à la lecture pour célébrer Laudes. Judicieusement conduite par les berceaux transversaux, la lumière se profilait jusqu'à eux depuis les fenêtres des bas-côtés. Ce procédé d'architecture savamment étudié avait déjà été utilisé à Tournus, dans le narthex puis dans la nef principale. Des essais concluants en avaient été faits dans les petites églises voisines d'Uchizy et de Farges. Aussi cette technique sera-t-elle mise en œuvre ailleurs, comme dans l'église de Châtillon, non loin de Fontenay, ou dans les bas-côtés de l'église de son aînée, Trois-Fontaines, et à l'église de l'Escale-Dieu (Hautes-Pyrénées) fondée en 1137. Toutefois, elle ne s'est guère répandue, probablement parce que, très vite, on lui préféra la voûte d'arête, mieux équilibrée, qui ne nécessitait pas les fortes contrebutées latérales imposées par les berceaux transversaux, et qui permettait l'entrée d'une lumière plus abondante.

En l'absence des stalles aujourd'hui disparues, nous voyons mieux les lignes horizontales contribuer puissamment à la conduite du regard jusqu'au chœur. Elles sont dessinées en lignes de fuite à trois niveaux : par les bases des piliers, par les tailloirs de l'étage intermédiaire et par le cordon de pierre sur lequel repose la voûte de la nef.

La pénombre de la nef, dont l'éclairage est donné indirectement par les bas-côtés et directement par les sept fenêtres de la façade ouest, invite au recueillement nécessaire au "retour sur soi" indispensable à la démarche spirituelle. Les philosophes de l'Antiquité grecque, déjà, recommandaient ce "retour sur soi" favorable à la nécessaire connaissance de soi, une sagesse (*sophia*) qui s'est transmise dans le christianisme à travers les écrits des Pères de l'Église, et notamment de saint Augustin, qui fut en

L'intérieur de la nef vu vers l'Ouest

quelque sorte le "best-seller" du XIIe siècle. En témoigne la place privilégiée qu'il occupait dans les bibliothèques monastiques et en particulier à Clairvaux. Pourquoi porter un tel intérêt à ces manuscrits de Clairvaux ? Parce qu'ils sont parfaitement contemporains de l'église de Fontenay et nous permettent de mieux mesurer la cohérence de la pensée dans toutes ces réalisations artistiques sous l'abbatiat de saint Bernard. Avec des techniques différentes mais qui se rejoignent dans la mise en œuvre d'un certain esprit, les architectes claravalliens, dont nous avons cité les noms, et qui sont certainement intervenus d'une façon ou d'une autre à Fontenay, étaient imprégnés, eux aussi, de ce principe du nécessaire "retour sur soi" pour que se développe la vraie vie spirituelle.

Saint Bernard, en l'année 1140, reprend à son compte, à plusieurs reprises, ce thème dans ses sermons. Tout d'abord lorsqu'il s'adresse à ses moines, au cours du carême, en commentant le Ps 90, et ensuite devant les clercs de l'Université de Paris, lorsqu'il leur parle de la conversion. C'est donc bien une des clefs du progrès spirituel. Elle se situe dans la ligne de la rupture radicale avec le monde que signifie pour Bernard l'entrée au monastère. Ce thème inspira, cela ne fait aucun doute, le dépouillement extrême et volontaire qui caractérise l'architecture de toute église cistercienne des XIIe-XIIIe siècles, et notamment celle de Fontenay.

Le renoncement au plaisir des sens : première étape du combat spirituel

La stratégie que propose Bernard, est donc de renoncer au péché. C'est pourquoi la première chose à faire est de fermer les ouvertures de son corps, c'est-à-dire ses sens, parce que ceux-ci ne sont jamais satisfaits. Le but de la démarche est donc d'empêcher que de nouvelles souillures viennent s'ajouter aux premières, parce que les sens se font serviteurs de la vanité, de la volupté et de la curiosité. Dans le combat spirituel, en effet, il ne s'agit pas, pour l'abbé de Clairvaux, de se débarrasser seulement des nouvelles souillures en leur barrant l'accès aux sens de notre corps, mais aussi de se débarrasser des anciennes qui ont atteint la raison, la mémoire et la volonté.

En cohérence totale avec cette doctrine spirituelle bernardine, il fallait donc une architecture aussi dépouillée que possible, afin que l'œil ne soit arrêté par rien de sensible, distrait en aucune façon. Il fallait une architecture où l'atmosphère même favorise ce "retour sur soi" si indispensable au travail intérieur de la conversion, pour laisser place à l'ouverture permanente à la Parole de Dieu.

L'église abbatiale

*L'intérieur de la nef
et du bas-côté nord vu du Sud-Est*

Même si, aux yeux de Bernard, chacun est responsable de sa propre conversion, c'est Dieu qui en est l'acteur premier. En effet, par son Verbe, le Christ, Dieu jette sur le pécheur un regard de miséricorde et l'invite à reconnaître et à regretter ses fautes. Comme le suggèrent admirablement les jeux de la lumière pénétrant dans l'église au petit matin, l'âme éclairée par la lumière du Soleil de Justice (le Christ), est sans cesse appelée à sortir de l'abîme ténébreux de son ignorance. Cette venue éveille alors chez le pécheur la contrition. Après s'être frappé la poitrine il change de vie et, renonçant aux œuvres de ténèbres, dompte sa chair par les œuvres de la pénitence. Ainsi ouvre-t-il son cœur à l'amour de Dieu et des hommes. Là est le commencement de la Sagesse, dans la reconnaissance que Dieu l'aime comme un père aime son fils. Cet amour suscite la joie et bannit la crainte.

Tel est donc le chemin spirituel promis à celui qui, dans une première étape, touché par l'amour de Dieu, fuit le monde et renonce à tout, même à lui-même, pour ne plus vivre que pour Dieu. C'est alors que, découvrant la difficulté de vouloir faire pénitence au milieu des tourbillons du monde, il vient frapper au monastère. Ainsi se met-il à l'école du Christ, sous la Règle de saint Benoît, pour abandonner toute volonté propre et se laisser conduire par l'Amour et l'Esprit-Saint dans les celliers de l'amour fraternel. L'architecture même du monastère, dans son église d'abord et dans son cloître, est l'image de cette *schola Christi*.

Cela nous apparaîtra de façon tout aussi évidente lorsque nous parcourrons les pièces construites autour du cloître.

La foi vient de l'écoute

Toutefois l'église, où la communauté se retrouve pour célébrer Celui qui, des ténèbres de l'ignorance, appelle à la lumière de la connaissance vraie, apparaît comme le lieu privilégié de ce chemin spirituel.

C'est pourquoi tout dans son architecture – ses lignes, sa décoration comme son acoustique – devait conduire à cette relation privilégiée. Bernard rappelle volontiers que, pour voir Dieu, il faut commencer par l'ouïr, car la foi vient de l'écoute (*fides ex auditu*) : *"Tu veux voir, écoute d'abord. L'ouïe est un degré pour parvenir à la vision"* (41ᵉ Sermon sur le Cantique, 2). Marie, n'en est-elle pas le modèle ? Elle qui accueillit le Verbe pour qu'Il prenne chair en elle, elle à qui est dédié tout monastère cistercien (IC. XVIII). Et Benoît ne commence-t-il pas sa Règle par ces mots : *"Écoute mon fils et tend l'oreille de ton cœur"* ? Bernard en a fait lui-même l'expérience à l'occasion d'une vision restée célèbre, la nuit de Noël.

Ce primat de l'écoute de la Parole de Dieu éclaire singulièrement les raisons du dépouillement iconographique de l'ensemble de l'architecture cistercienne et particulièrement de celle de l'église. C'est pourquoi aucune représentation figurée ne retient le regard. Seul règne un jeu permanent de lignes épousant les arêtes de la construction jusqu'aux arcs de la voûte, afin d'élever le cœur vers la présence toujours mystérieusement cachée de Celui qui se donne, pour l'heure, non à voir mais à entendre. *"L'oratoire sera ce que le terme indique : un lieu de prière, à l'exclusion de toute activité, de toute affectation qui ne soit conforme à sa destination. L'œuvre de Dieu étant achevée, que tous se retirent dans le plus profond silence, montrant ainsi leur respect de la Présence divine ; et si parfois un frère avait envie de prolonger la prière en son particulier, il ne sera pas dérangé par la mauvaise tenue d'autrui. Du reste, chaque fois qu'un frère désire s'y recueillir dans le secret de l'oraison, qu'il entre simplement et qu'il prie, non en élevant la voix, mais avec les larmes du coeur et la ferveur de l'esprit"* (RB. LII). Dans ce court texte, Benoît dit toute la signification de ce lieu qui est d'abord et avant tout le lieu du rassemblement de la communauté pour se livrer ensemble à *"l'œuvre de Dieu"*, à la louange chantée pour Dieu. Il est aussi, mais secondairement, le lieu du recueillement personnel, donc un lieu qui doit être habité de façon permanente par le silence et la paix en dehors des liturgies communes.

Pour favoriser l'écoute de la Parole de Dieu, il convenait donc, à l'image de l'architecture, que les liturgies soient sobres et dépouillées. C'est pourquoi une première réforme avait été entreprise, dès l'abbatiat d'Albéric. Nous pouvons le déduire d'une lettre écrite vers 1100 par Lambert, abbé de Saint-Pierre de Pothières. À la même époque, nous savons que les moines Jean et Ibolde, envoyés à Rome pour obtenir du pape la reconnaissance du Nouveau Monastère et le soutien de son autorité, ont profité, selon toute vraisemblance, de leur voyage pour collecter à Milan les hymnes ambrosiennes recommandées par saint Benoît dans sa Règle. C'est ce qui semble le plus normal, puisque vers 1115, en tout cas avant 1119, il existait un premier corpus liturgique à Cîteaux, dont parle la législation primitive (IC. III). Par ailleurs, un texte d'Étienne Harding conservé dans un manuscrit de la Bibliothèque municipale de Nantes évoque cette recherche des hymnes ambrosiennes.

Une seconde réforme fut entreprise aussitôt après sa mort, sous l'autorité de saint Bernard, à la demande du Chapitre général de 1134, car, nous dit l'abbé de Clairvaux, "*les novices instruits de la discipline ecclésiastique prenaient en aversion et le texte et la mélodie de l'antiphonaire, dédaignaient de l'étudier et n'apportaient plus aux louanges de Dieu que nonchalance et assoupissement*" (Traité du chant). En effet, malgré les efforts entrepris par les premiers Pères de Cîteaux pour retrouver la tradition la plus authentique, on eut le sentiment que les documents copiés étaient défectueux. Des moines compétents, Guy de Longpont et Guy de Cherlieu, posèrent donc les principes d'un plain chant correct, et corrigèrent le répertoire. Les cisterciens décident donc de simplifier le chant, en ne conservant pour chaque ton qu'une seule différence psalmodique. De même ont-ils fixé des règles pour les antiennes et les répons avant de corriger leur répertoire. Ces règles concernent le texte et la musique : on ne répétera pas un même texte dans un chant ou un office, et à un chant on donnera exclusivement toutes les caractéristiques d'un seul mode. En supprimant les ambiguïtés modales, ils pensent revenir à la pureté du chant du temps de saint Grégoire.

La recherche de l'unité modale est, même pour des musiciens très compétents comme le furent les théoriciens cisterciens, une exigence difficile à tenir, parce que le chant estimé corrompu n'était en vérité que l'expression d'une évolution historique multiforme. Or, la recherche d'authenticité cistercienne dans le texte et dans la musique, cohérente en elle-même, avait pour fondement un principe en soi simple mais qu'il fallait tenir rigoureusement, à savoir qu'on ne peut louer le Seigneur avec un chant corrompu. C'est pourquoi l'autorité de la tradition se trouve remise en question par les théoriciens au profit d'une idée nouvelle, selon laquelle on peut atteindre la vérité par la raison et non plus seulement en s'accordant avec la tradition reçue. Toutefois, les auteurs de cette seconde réforme avouent, dans leur lettre de présentation du nouvel antiphonaire, avoir été obligés de conserver certains éléments de l'ancien qu'ils jugeaient acceptables. Il ne suffisait pas d'avoir un texte et une musique corrects, il fallait encore que l'exécution liturgique le soit dans l'esprit que Bernard avait défini dans sa lettre à l'abbé Guy de Montier-Ramey : "*Pour le chant, quand il y en a, je voudrais qu'il fût plein de gravité, également éloigné de la mollesse et de la rusticité : l'harmonie devrait en être douce sans être efféminée, et ne flatter les oreilles que pour toucher le cœur. Il faudrait qu'il fût de nature à dissiper la tristesse et à calmer le feu de la colère, et qu'enfin il mît le sens des paroles en relief au lieu de l'écraser. Convenez qu'on perd beaucoup au point de vue*

Le transept sud avec, au fond, l'entrée du dortoir

spirituel lorsqu'on est distrait, par la légèreté du chant, de la gravité des paroles et qu'on est plus frappé des accents de la voix que du sens des notes qu'on entend. Voilà les qualités que je voudrais trouver dans les offices de l'Église, et le talent que je crois nécessaire à quiconque entreprend d'en composer" (Lettre 398, 2).

Ainsi, la simplification des lignes mélodiques et des textes liturgiques rejoignait la simplification des lignes de l'architecture et donnait une sorte de cohérence à l'ensemble de la vie monastique cistercienne, tout orientée vers l'accueil de la Parole de Dieu dans le plus grand dépouillement possible. Le Christ ne s'est-il pas dépouillé totalement pour s'incarner ?

Il était encore nécessaire d'ajouter à ces prescriptions des décisions concernant le matériel liturgique. Nous sommes bien renseignés à ce sujet grâce aux premiers statuts des chapitres généraux, repris ensuite sous forme de récit dans le Petit Exorde, comme 'manifeste' des choix réalisés par les cisterciens en opposition à la tradition des moines noirs, qui développaient un certain "luxe pour Dieu", comme on le lit dans les œuvres de l'abbé Suger, et comme des gravures anciennes nous permettent de nous en faire une idée, depuis que ces pièces d'orfèvrerie ont été fondues et détruites au moment de la Révolution française.

La vision cistercienne est tout autre, et une anecdote que se plaît à nous raconter Suger le montre aisément puisque, dans sa difficulté à se procurer des pierres précieuses, il considère comme un miracle le fait que deux abbayes cisterciennes et Fontevrault lui en offrent à bas prix : *"Nous ne voulons pas passer sous silence un plaisant mais remarquable miracle que le Seigneur nous a accordé à ce sujet. Comme j'étais arrêté par le manque de pierres précieuses, et que je n'avais pas la possibilité de m'en procurer suffisamment (leur rareté les rend très chères), voilà que des moines de trois abbayes de deux ordres, de Cîteaux et d'une autre abbaye du même ordre, et de Fontevrault, entrèrent dans notre petite chambre attenant à l'église, et nous offrirent à acheter abondance de pierres précieuses : améthystes, saphirs, rubis, émeraudes, topazes, comme je n'aurais pas pu espérer en réunir en dix ans. Eux les avaient eues en aumônes du comte Thibaud [de Champagne]... Quant à nous, libérés du souci de chercher des pierres précieuses, nous rendîmes grâces à Dieu, et leur donnâmes quatre cents livres, alors qu'elles en valaient davantage."*

Page de droite : le bas-côté sud vu de l'Ouest

Les statuts cisterciens le spécifient nettement dès les débuts : "*Les linges d'autel, les ornements des ministres sacrés seront dépourvus de soie, sauf l'étole et le manipule. La chasuble ne sera que d'une seule couleur. Tous les éléments décoratifs du monastère, de même que la vaisselle, les ustensiles, seront dépourvus d'or, d'argent et de pierres précieuses, sauf le calice et le chalumeau. Seuls ces deux objets pourront être en argent et dorés, non cependant en or massif*" (IC. X). Ce qui signifie quand même le souhait d'une dévotion particulière à l'Eucharistie, mais sans "*l'ostentation ou le vain superflu, rien qui risquât de corrompre un jour la pauvreté, gardienne des vertus, qu'ils avaient spontanément choisie*" (EP. XVII), pour reprendre leur motivation telle qu'elle est exprimée dans le Petit Exorde. Dans la même logique "*nous interdisons que les fermoirs de nos livres soient en or, en argent ou argentés ou dorés, et qu'aucun livre soit orné d'un voile précieux*" (IC. XIII). Cette sobriété du matériel liturgique est à l'image de la sobriété de leur chant et de leurs liturgies, qui ne nécessitaient pas de grands espaces pour se déployer. L'architecture en témoigne.

Les bas-côtés : chemins de procession

Le bas-côté nord est peut-être le lieu le plus austère de l'église, en raison de son ensoleillement habituellement peu abondant, et donc le plus propice au recueillement personnel, au "retour sur soi" ; son atmosphère rappelle celle d'une grotte. Néanmoins, comme le bas-côté sud, il était conçu pour être un lieu de déambulation et n'était sans doute utilisé que lorsqu'on conduisait en procession un moine défunt à sa dernière demeure, en empruntant ensuite la porte réservée à cet effet dans le croisillon nord du transept.

L'un et l'autre bas-côtés sont composés de huit travées voûtées en berceau brisé, perpendiculaires à l'axe du collatéral. Mais ce qui touche le plus, c'est le mouvement que révèle le jeu des lignes : les horizontales

dessinées par la succession des bases des colonnes, les tailloirs des chapiteaux, la ligne de fuite des sommets des arcs brisés et les verticales en ombre et lumière des murs discontinus que constituent les piles rapprochées, les demi-colonnes engagées carrées et chanfreinées situées, de part et d'autre, contre les piles carrées et contre le mur extérieur de l'église. Les proportions mêmes de l'espace, parfaitement équilibrées, invitent à une marche à pas lents favorisée par la douce lumière se réverbérant sur la pierre, pour susciter l'intériorisation et la méditation plutôt que l'exubérance.

Nous sommes en présence d'un art parfaitement maîtrisé en fonction d'un dessein clairement établi. L'entrée dans l'église, depuis le cloître où avait lieu le regroupement des religieux et la première partie de la procession, se faisait deux par deux, à l'occasion seulement des grandes liturgies : les Rameaux, la fête de la Purification de Marie et plus tard l'Ascension (cf. EO. XLVII). Ensuite on se rendait jusqu'au chœur en passant par le bas-côté sud, et en remontant l'allée centrale de la nef, dont la majesté prépare déjà les cœurs à s'élever vers le Seigneur de lumière. Cette fois-ci, ce sont les arcades basses à double rouleau en tiers-point qui, situées de part et d'autre de la nef, accompagnent la marche de la communauté. Se succédant dans un rythme majestueux, elles conduisent la procession jusqu'à l'autel. Les ombres et les lumières projetées sur le sol depuis les fenêtres du collatéral sud tracent elles aussi un chemin symbolique à l'image de notre vie dans sa montée vers le ciel, de lumière en lumière à travers des passages dans l'ombre.

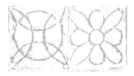

L'église abbatiale | 69

Les verrières : la lumière au naturel

La lumière dans l'abbatiale était naturelle, légèrement verdâtre en raison des sels minéraux mêlés à la matière première. Les verres étaient volontairement translucides sans transparence. Effet obtenu, selon le fameux moine Théophile dont nous avons évoqué l'œuvre, par recuisson du verre dans un bain de cendre ou de chaux. L'épaisseur du verre ainsi obtenu était irrégulière, de l'ordre de 5 à 6 mm, et les morceaux avaient une douzaine de centimètres de large. Aussi les verrières étaient-elles montées ensuite avec beaucoup de soin dans des plombs. En accord avec les principes généraux déjà exposés, ces grisailles aux dessins géométriques, représentant le plus souvent des figures abstraites ou des feuilles stylisées, faisaient merveille. Il n'en reste plus ici à Fontenay. Mais quelques rares témoins subsistant à Pontigny, Bonlieu ou Obazine peuvent nous donner aujourd'hui une idée assez précise de ce qui fut réalisé dans l'église de Fontenay à sa construction. Quant aux ferronneries protectrices des verrières, il ne subsiste, hélas, que peu d'exemples du XIIe siècle. Celles de Sylvanès demeurent parmi les plus beaux spécimens. Le tout était, selon toute vraisemblance, exécuté sur place dans les ateliers de l'abbaye. On n'a pas encore retrouvé les fours qui ont permis de réaliser ces verrières. Ils pouvaient, aux dires de certains spécialistes, être les mêmes que ceux qui servaient à la fabrication des tuiles et des carreaux émaillés.

Une sculpture au service des lignes

Le jeu des volumes de l'architecture et les proportions données à l'édifice, ainsi que la captation de la lumière sur les surfaces des murs, créent, en sculptant l'espace, une atmosphère mise totalement au service de l'expérience spirituelle. La sculpture elle-même s'efface devant l'œuvre architecturale. Elle n'a plus qu'un rôle mineur. Elle est réduite à son expression la plus sobre, la plus épurée, sous forme de feuilles stylisées plaquées en très faible relief ou de

figures géométriques, comme ces frises en guirlande de demi-ronds enlacés pour orner les chapiteaux. Ces chapiteaux sont des modèles de perfection en leur genre. La pierre ocre et parfois dorée suscite à elle seule la sobre ébriété du cœur, et pour nous aujourd'hui, souvent une très intense émotion. S'il est très vraisemblable, comme nous en connaissons des exemples ailleurs, que les moellons des murs et des voûtes furent autrefois recouverts d'un enduit sur lequel on avait dessiné de faux joints de pierres, les pierres en gros appareil des piles et des arcs restaient apparentes pour souligner les articulations majeures de l'architecture et le message spirituel qu'évoquent ces lignes de saint Bernard tirées de sermons prononcés pour la dédicace de l'église : "*Ces murs, il est vrai, peuvent eux-mêmes être qualifiés de saints, et ils le deviennent par la consécration des évêques, par la lecture répétée de l'Écriture, l'assiduité des prières, les reliques des saints, la visite des anges. Il n'en demeure pas moins que leur sainteté n'a pas à être honorée pour elle-même, car il est bien certain qu'ils n'ont pas été sanctifiés pour eux-mêmes. Au contraire, c'est en raison des corps que la maison est sainte, en raison des âmes que les corps sont saints, et en raison de l'Esprit qui les habite (Rm 8,11) que les âmes sont saintes*" (Sermon IV pour la Dédicace, 4).

L'église abbatiale

Le transept nord avec la Vierge et, au fond, ses portes jumelles

Les transepts et leur croisée

Montons donc maintenant jusqu'à la croisée des transepts. L'église a la forme d'une croix latine avec ses deux bras sur lesquels s'ouvrent à l'orient à chaque fois deux absidioles. Ces chapelles orientées, quadrangulaires, ont été modifiées. D'une part, les murs les séparant les unes des autres ont été transformés et sans doute ouverts. D'autre part, les fenêtres des absidioles ont été agrandies. Cela est surtout visible de l'extérieur. Elles sont dépourvues des ébrasements que l'on trouve ailleurs, notamment dans les trois fenêtres anciennes du chevet plat du chœur et dans les cinq en escalier de l'arc triomphal. Comme l'a fait remarquer autrefois la Marquise de Maillé, toutes les fenêtres, notamment celles des bas-côtés, ont été modifiées pour permettre une plus grande pénétration de la lumière, probablement à l'époque de la papeterie. Elles ont alors été dotées d'un glacis intérieur, ce qui a obligé à casser assez grossièrement les cordons de l'entourage à l'aplomb de chaque fenêtre.

Chacun des deux bras des transepts est voûté en berceau brisé comme la nef, avec cependant une hauteur sous voûte moindre que celle-ci, et supérieure proportionnellement aux voûtes transversales en berceau brisé qui couvrent les bas-côtés. Au Nord, la façade est percée de trois fenêtres. Celle du centre semble avoir été surélevée plus que de coutume jusqu'à la limite de la voûte. De l'extérieur comme de l'intérieur, l'effet n'est pas des plus heureux. Quant aux deux portes jumelles, dont l'une des deux est aujourd'hui rebouchée, elles permettaient d'accéder au cimetière situé au chevet de l'église ; traditionnellement, c'était la "porte des morts". Là aussi, il semble que la disposition primitive ait été modifiée.

L'autre transept est aveugle et meublé par le grand escalier qui descendait directement du dortoir dans l'église et qui permettait aux moines de se rendre à l'office de nuit, sans perdre de temps. Cette disposition était une caractéristique proprement cistercienne. Le profil de cet escalier est à l'heure actuelle sensiblement différent de ce qu'il était à l'origine, comme les traces de sept marches anciennes noyées dans la maçonnerie de la rampe du XVIIIe siècle permettent encore de le constater. En effet, la modification avait été prévue à l'article 6 du devis du Cyr Perrot, établi à la demande des moines, fin mai 1749 (A.C.d'O. 15 H 31). La porte du dortoir fut elle aussi modifiée, et un palier d'accès aménagé à ce moment-là au niveau de la porte, alors que l'escalier devait à l'origine se poursuivre jusqu'au sol du dortoir. Mais ce dernier avait déjà subi des transformations après l'incendie qui a vu sa destruction vers 1450. Ces remaniements de l'escalier ont obligé, lors du rétablissement du niveau primitif du sol de l'église 80 cm plus bas, en 1908, à ajouter des marches avançant dans le bas-côté, ce qui est esthétiquement peu heureux. À l'étage, à côté de la porte du dortoir, se trouve une autre ouverture, que l'on a supposé donner accès à une tribune. Dans la partie basse, deux portes s'ouvraient sur la sacristie. Celle de droite est moderne. L'autre, la plus ancienne, a subi quelques modifications, prévues au XVIIIe siècle par Leydié et omises par Perrot (A.C.d'O. 15 H 31). En effet, cette porte devait être réduite à 3 pieds 2 pouces de hauteur et, pour ce faire, on a installé, côté église, le linteau triangulaire qui ne cache pas la disposition première, encore visible à l'intérieur de la sacristie. Plusieurs couches successives de peinture avec de faux joints viennent confirmer notre thèse. Quant à l'autre ouverture, elle devait correspondre vraisemblablement, à l'origine, à un placard destiné à la réserve des vases sacrés.

Les accès dans l'église

Toutes les autres portes de l'église ont, elles aussi, subi des modifications. Voilà qui n'est pas étonnant et témoigne d'une architecture vivante. La raison essentielle en est la transformation des lieux en usine après la vente de l'abbaye en 1791.

Sans revenir sur les transformations déjà évoquées, il nous faut parler des portes d'accès aux bâtiments des convers d'une part et au cloître d'autre part, situées à l'extrémité du bas-côté sud vers la façade ouest de l'église.

La porte d'accès direct à l'église depuis le bâtiment des convers, aujourd'hui rebouchée et située au niveau de la travée la plus proche de la façade côté sud, a été modifiée dans sa partie haute. La porte qui aujourd'hui donne dans le cloître est moderne. Elle a été ouverte, à l'époque des abbés commendataires, lors de la transformation de quatre travées du bas-côté sud en chapelle particulière, afin de pouvoir y accéder.

74 L'église abbatiale

Qu'en était-il du sol ?

Bien des dommages survenus avec les inondations dans l'église ont obligé les moines, en 1746, à surélever le sol de près d'un mètre. Pour cela, ils utilisèrent en partie comme remblai des débris de bâtiments en ruine. M. René Aynard, en faisant rétablir le niveau primitif de l'église lors de sa restauration du début du XXe siècle, y a retrouvé notamment des nervures de voûtes. La surélévation de deux marches du transept nord respecte, selon ses observations faites au niveau des socles des piliers, les dispositions premières. Nous bénéficions donc aujourd'hui de l'état initial des niveaux, même s'il subsiste quelque incertitude quant à l'état précis du sol avant qu'il ne soit modifié. En effet, dans le procès opposant les moines aux artisans qui avaient accepté de faire les réparations de l'église, on apprend que les moines ont été condamnés le 26 septembre 1752 pour avoir fait enlever dans l'église, de leur propre chef, les pierres qui formaient le maître autel, les tombes, les carreaux de brique et de pierre dont l'église était pavée, ainsi que les stalles, les portes et la plus grande partie des vitraux qui appartenaient aux adjudicataires. C'est donc au moment où il fallut surélever le sol de l'église que le pavement a été déposé et transporté dans le cloître, afin de paver deux des galeries. Or, il était stipulé dans le devis estimatif des travaux révisé par le procureur du Roi, Leydié, que les artisans auraient pu réemployer ces éléments. Le coût de leurs travaux s'en est trouvé considérablement augmenté et cela leur portait préjudice. Les phases du procès nous sont bien connues, car les pièces du dossier en ont été conservées aux Archives de la Côte d'Or (15 H 31).

L'église abbatiale | 75

Les carreaux cisterciens

Selon l'étude qui en a été faite par les plus grands spécialistes, ces carreaux étaient fabriqués à l'abbaye avec des procédés nouveaux, mis au point sur place dès la fin du XIIe siècle en utilisant la technique de l'engobe, dont les Cisterciens étaient devenus les maîtres. D'ailleurs le Chapitre général de 1210 dut sévir contre l'abbé de Beaubec, parce qu'il avait permis à un de ses religieux d'exécuter ces fameux pavés, dont il était devenu un spécialiste renommé, pour des personnes qui ne suivaient pas l'observance cistercienne. Il s'agissait naturellement de carreaux bicolores incrustés d'une autre matière permettant de mettre en valeur des figures. Pour cela, il fallait savoir maîtriser l'union des matières pour qu'elles aient des réactions semblables à la cuisson. Ainsi la technique de l'engobe permettait-elle de mieux faire ressortir les couleurs incrustées dans les dessins. L'engobe est une matière terreuse blanche ou colorée qui, placée dans le dessin, semble par son opacité masquer la couleur de la pâte, de telle sorte qu'une pièce jaunâtre à sa surface peut offrir à l'intérieur une pâte rouge.

Il fallut en même temps évoluer dans la technique d'impression des dessins. Ceux-ci, à l'origine, étaient gravés à la main. Ils furent par la suite estampés avec une matrice de bois, ce qui donnait plus de régularité et de profondeur au dessin et permettait d'augmenter considérablement la vitesse d'exécution. Les dessins ayant peu varié quant au style, il est souvent difficile aujourd'hui de dater les carreaux les plus simples avec précision. Ceux-ci mesuraient 120 sur 125 mm de côté, et 26 à 35 mm d'épaisseur, réalisés dans une pâte brun-rouge avec des côtés biseautés. Sur la surface un dessin était estampé sur une profondeur de 5 mm et recouvert d'une glaçure brun-rouge ou noire.

Selon l'archéologue C. Norton, "*Fontenay présente un exemple sans parallèle de l'adoption progressive de différentes techniques de décoration, passant des carreaux de mosaïque et des carreaux gravés à la main aux carreaux avec motif imprimé en creux (rempli de pâte blanche) et enfin aux carreaux incrustés.*" Le passage serait datable des premières décennies du XIIIe siècle.

En s'appuyant sur ces textes, on s'accorde donc à penser que dès les origines et jusqu'au XVIIIe siècle, il y avait un pavement en terre cuite extrêmement modeste, décoré de simples motifs géométriques. C'était des carreaux à dessins imprimés monochromes couramment utilisés dans nombre d'églises pauvres où ils étaient décorés de croix, de losanges ou d'autres figures géométriques. Quelques-uns de ces carreaux anciens de Fontenay ont été retrouvés. Certains sont exposés dans différents musées (musée archéologique de Dijon, musée de Cluny et musée de Sèvres), d'autres ont été réemployés sur les banquettes de la salle du chapitre au moment de la restauration de l'abbaye afin de les conserver. D'autres enfin, les plus beaux, sont actuellement présentés sur le sol du sanctuaire de l'église.

Le chœur

Le chœur, selon les actes du procès de 1752, a donc lui aussi subi de profondes modifications. À l'heure actuelle, l'élégant pavement est une reconstitution faite au moment de la restauration de 1908 à partir de carreaux retrouvés. Ceux-ci sont de l'époque (XIIIe siècle) où s'était généralisé l'emploi de pavés carrés à deux tons, rehaussés d'incrustations jaunes obtenues par l'usage d'un engobe plombifère placé dans les creux des dessins, et assemblés quatre par quatre avec parfois des motifs animaliers. Ces derniers prennent le relais des motifs simplement géométriques qui avaient pourtant beaucoup de points communs avec ceux utilisés dans les premiers manuscrits cisterciens ou dans les verrières. Ainsi, tous les arts se rejoignaient

dans la continuité les uns des autres, même s'ils ont connu chacun leur tour des progrès techniques qui tendent plus à manifester la virtuosité des artistes que la *sobria ebrietas* des débuts.

Dès le milieu du XIIIe siècle, en effet, on observe des évolutions importantes en admettant davantage de décoration. Cela ira jusqu'à la réalisation d'un art baroque qui étonne toujours nos yeux de Français lorsque nous allons visiter les abbayes d'Europe centrale et orientale. Faut-il parler de décadence ? Ou n'y a-t-il pas là une évolution normale, liée à l'enrichissement des monastères qui, ayant atteint les limites d'accroissement de leur territoire, trouvaient ainsi le moyen de réinvestir l'accumulation de richesses à laquelle conduit nécessairement une vie laborieuse et pénitente ?

Le mobilier sculpté

Le mobilier de l'église qui subsiste à l'heure actuelle n'a plus grand-chose à voir avec ce qu'il était à l'origine. Les exigences très strictes des débuts se sont assouplies. Alors qu'à l'origine, on n'admettait aucune sculpture, mais seulement des croix en bois peintes au-dessus d'un autel nu (IC. XX), une exception apparaît avec **la statue de la Vierge à l'enfant**. C'est le cas à Fontenay avec la très belle Vierge conservée comme par miracle et rapportée en l'église grâce à la générosité et à la ténacité de la famille propriétaire de l'abbaye. L'histoire mérite d'être rapportée ici.

Cette statue fut vendue en 1792, lorsque l'abbaye devint bien national. Un habitant de Touillon en fit l'acquisition. Après avoir été longtemps placée à l'entrée du village sous les tilleuls, entre la route et le sentier de la Godose, elle fut transportée par son propriétaire sur la tombe de sa famille. Malgré la proposition d'une forte somme d'argent (20 000 F or à l'époque), il ne fut pas possible dans un premier temps de l'acquérir, jusqu'au jour où un marchand en proposa 50 000 F or avec le projet de la revendre aux États-Unis ; les propriétaires de la statue alertèrent alors les Beaux-Arts. Ceux-ci proposèrent à M. René Aynard – comme il le raconte lui-même dans ses *Notes sur la restauration* – d'en être avec eux de façon indivise le nouveau détenteur, en participant pour moitié à son rachat. Ce qui fut fait et permit en 1929 à cette magnifique statue de retrouver sa place initiale en l'église abbatiale de Fontenay, où nous pouvons encore l'admirer aujourd'hui.

Haute de 2 m, elle fut réalisée par un sculpteur bourguignon comme l'indique sa facture, avec son long manteau aux plis arrondis et profonds couvrant ses pieds et sa façon de se tenir, avec noblesse, légèrement déhanchée pour mieux porter avec grâce son enfant sur son bras gauche. Couronnée, elle tenait dans sa main droite un sceptre, comme on le dit généralement, ou un lis, symbole de sa pureté immaculée, aujourd'hui cassé. Cela pourrait être aussi une fleur comme celle représentée sur un sceau de la fin du XIIIe siècle, aujourd'hui conservé aux Archives de la Côte d'Or, qui a bien des points communs avec cette statue. De ses pieds, elle écrase l'aspic et le basilic, expression de sa victoire sur le mal. Son visage très rond laisse rayonner sa sérénité joyeuse et profonde, qu'un léger sourire nous transmet, répondant probablement à celui de son enfant, dont le visage est malheureusement aujourd'hui très abîmé. Ainsi offre-t-elle sa tendresse maternelle, manifestée pour celui qu'elle a eu l'insigne honneur de porter, à tous ceux qui prennent le temps de la contempler et de la prier en chantant, comme les moines chaque soir avant de se coucher, *Salve regina, mater misericordiae, vita, dulcedo et spes nostra, salve !* Mère du Sauveur, elle devient pour nous "mère de miséricorde,

L'église abbatiale

Le retable du maître-autel (XIVᵉ siècle)

Page de droite : retable, deux détails de l'Adoration des Mages

Page suivante : retable, détail

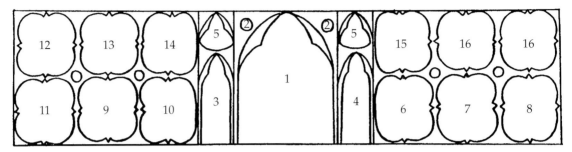

notre vie, notre douceur et notre espérance". C'est la reine du ciel et de la terre, montée au ciel et couronnée par son divin Fils, qui est ainsi saluée et à qui l'on demande de nous montrer son Fils.

La tradition chorale de ce chant date peut-être de saint Bernard. En tout cas, la tradition de sa dévotion date, elle, des origines de Cîteaux, et Bernard eut, lui aussi, dès son plus jeune âge, une grande dévotion pour Marie. En effet, à l'âge de dix ou douze ans, il fut gratifié – nous disent ses biographes – d'une vision le jour de Noël qui fut décisive pour sa vocation : *"il lui sembla voir la Vierge enfanter et le Verbe-enfant naître d'elle"* (Vita Iᵃ, II, 4). Depuis lors, il ne cessa de méditer le mystère de celle qui fut choisie de façon toute privilégiée, parce qu'elle fut l'humble servante, totalement disponible à la volonté du Père.

Par la suite, à la fin du XIIIᵉ siècle ou au début du XIVᵉ siècle, fut réalisé **le retable du maître autel,** qui a subi, hélas, de grandes mutilations lorsqu'il fut réemployé comme dallage. La face finement sculptée avait été tournée vers le sol et a donc subi les dommages de l'humidité. Longue de 2 m 50 et haute de 0 m 80, cette pierre faisait partie d'un ensemble dont subsistent encore les trois fragments principaux. Le retable se compose d'une scène principale entourée de part et d'autre, sur deux registres, de deux groupes de sujets : au centre, la Crucifixion (1) sous un arc trilobé avec, au pied de la croix, Marie placée à la droite du Christ et soutenue par les saintes femmes, à la gauche du Christ, saint Jean entouré d'un groupe de soldats. Dans la partie centrale du trèfle, au-dessus des bras de la croix, deux anges en buste tiennent, l'un le soleil et l'autre la lune, tandis que, dans les écoinçons, deux têtes cachées dans des feuillages occupent l'espace de manière purement décorative (2). De part et d'autre de cet ensemble, nous

avons, du côté de Marie, l'Église couronnée, tenant en main l'étendard crucifère (3), de l'autre côté, la Synagogue, bien abîmée, reconnaissable cependant à sa hampe de bannière brisée, visible dans la partie supérieure (4). Au-dessus de chacune de ces deux femmes, un groupe de personnages inscrits dans un trilobe, mais difficiles à identifier (5). De part et d'autre de cet ensemble, six scènes enchâssées dans des quadrilobes en deux registres. Le registre inférieur est consacré à la Vierge et au mystère de l'Incarnation de son divin Fils, celui du dessus à la Passion-Résurrection du Christ. Le registre inférieur, sur le côté droit, présente successivement la présentation (6), la dormition (assomption) de la Vierge (7) et son couronnement (8) ; sur le côté gauche, la crèche (9) et l'adoration des mages (10). Une scène manque à l'extrémité gauche. Était-ce les bergers en train de paître leurs troupeaux (11) ? Au registre supérieur, il faut lire de gauche à droite : une scène manquante (l'arrestation (12) ?), la flagellation (13) et le portement de croix (14) ; de l'autre côté la Résurrection (15), puis deux scènes présentant la Vierge et les apôtres, témoins de l'Ascension (16).

Nous avons là un très bel ensemble qui manifeste, non point un changement de spiritualité, mais une évolution de l'art cistercien. En effet, l'Incarnation et la Passion-Résurrection du Christ ont toujours été des mystères centraux. En témoignent les sermons des abbés, en particulier de saint Bernard. Marie a toujours été l'objet d'une dévotion particulière, et à travers elle, en tant que Mère de Dieu, le mystère de la Nativité. Quant à la Passion, c'était la seule représentation figurée autorisée aux Cisterciens, dès les débuts, sur les croix en bois peintes (IC. XX). La scène centrale de la Crucifixion est bien ici, de par sa dimension, le point focal de l'ensemble, les autres scènes en dépendant comme d'un point culminant. Le style en est sobre et plein de noblesse. On a rapproché, à juste titre, cette œuvre des scènes du soubassement décoratif des portails de la façade de la cathédrale d'Auxerre, pour en déduire qu'il s'agirait de la même école. En tout état de cause, on peut dire que ces sculptures sont de la même époque.

L'église abbatiale | 81

Schéma de la disposition actuelle du chœur

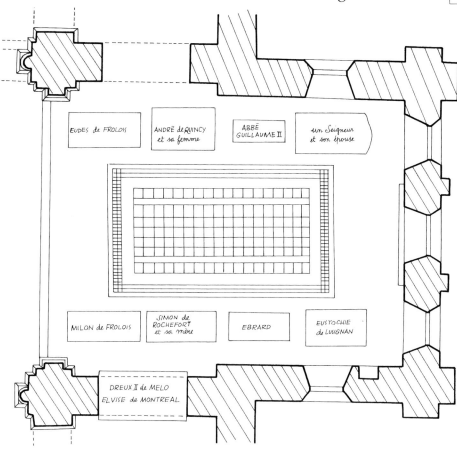

Les tombeaux

Bien que les statuts des premiers Chapitres généraux aient préconisé que l'on n'accorde pas la sépulture aux personnes de l'extérieur, on admet toutefois *"en ce qui concerne la sépulture, que parmi les amis, parmi les familiers du monastère, nous en choisissions deux, pas plus, à qui nous accorderons ce privilège à eux et à leurs épouses"* (IC. XXVII). En fait, cette autorisation sera, de par les circonstances, largement transgressée, et le nombre des bienfaiteurs ensevelis à l'abbaye généralement beaucoup plus élevé que ce qui était prévu statutairement. Actuellement, huit grandes pierres tombales ont été rapportées dans le chœur au moment de la restauration moderne, sans tenir compte du site primitif de ces sépultures. L'histoire explique ce fait.

M. René Aynard écrit dans ses *Notes sur la restauration de l'abbaye de Fontenay* que *"les tombes ont été saccagées sans scrupule par les moines du XVIIIe siècle, malgré que les fondations aient été constituées par les défunts pour être enterrées à l'Abbaye. Elles ont été employées comme matériau un peu partout. Celle d'Ebrard a été sciée et diminuée de 10 à 15 cm en longueur. La tombe du chœur à deux personnages inconnus était placée en linteau de porte sous le cloître pour la partie supérieure, et l'inférieure formait le fond d'une cuve de papeterie ! Le balcon de la maison abbatiale est une pierre tombale, et le palier de l'escalier un devant d'autel retourné, le dessous assez richement sculpté, mais très abîmé. Les tombes en marbre noir, dont l'une porte la trace d'un commencement de sciage, étaient garnies de plaques de bronze gravées dans toutes les parties en creux. La tradition veut que ces plaques soient au musée de Dijon. Je ne les ai jamais vues, ce serait à vérifier."*

L'église abbatiale

La tombe des Mello, ensemble et détail

Pierres tombales ecclésiastiques

La pierre tombale de l'évêque Ebrard de Norwich, qui fut le principal bienfaiteur pour la construction de l'église, se trouvait à l'origine et jusqu'au début du XVIIIe siècle devant l'autel principal de l'église, aux côtés de l'évêque Étienne d'Autun dont on ignore encore à l'heure actuelle s'il s'agit d'Étienne de Bagé, donateur du site, ou de l'évêque Étienne II, décédé un demi-siècle plus tard. Il est clair que le premier aurait bien des raisons d'être inhumé dans l'église de l'abbaye dont il a aidé à la fondation et qu'il a soutenu de ses faveurs, et on ne voit pas pour quelles raisons le second le serait.

Toutefois, le premier est mort en 1139 à Cluny, où il s'était rendu quelques mois avant sa mort, et plusieurs auteurs rappellent qu'on l'y inhuma derrière le chœur de l'église, à côté de la place du grand prieur. Son épitaphe était même gravée sur le mur voisin. L'abbaye de Fontenay aurait-elle réclamé ses ossements pour l'ensevelir dans son église par la suite ? Il est permis de le penser, mais nous n'en avons aucune certitude.

Par contre, en ce qui concerne la sépulture d'Ebrard, nous sommes mieux renseignés. Décédé quelques semaines avant la consécration de l'église qu'il avait, selon la tradition, payée de ses deniers, il fut enseveli dans un premier temps dans l'antique chapelle Saint-Paul, qui servait de chapelle des morts. Ce qui était coutumier dans la tradition bénédictine et cistercienne. Primitivement élevée sur un socle, la pierre tombale d'Ebrard est décorée sur son pourtour d'une belle frise de feuillage en relief. Longue de 1 m 85 et large de 0 m 85, de forme trapézoïdale, la pierre représente l'évêque habillé en vêtement liturgique, avec son aube et son étole, sa chasuble, son manipule et sa chape brodés, coiffé d'une mitre richement ornée, les bras croisés sur la poitrine serrant sa crosse pastorale, les mains gantées, avec des pierres précieuses symbolisant les stigmates du Christ, ayant l'anneau pastoral au majeur de la main droite. Des anges thuriféraires de part et d'autre de sa tête l'encensent. Sur le pourtour, une inscription permet de l'identifier : + HIC : IACET : DOMINUS : EBRARDUS : NORVICIENS : EPISCOPUS : QUI : EDIFICAVIT : TEMPLUM : ISTUD. Ce qui signifie : + ici repose le seigneur Ebrard, évêque de Norvich, qui édifia cette église.

Devant le maître-autel se trouvait aussi autrefois la pierre tombale de Guillaume II de Montbard, sixième abbé de Fontenay (1167-1169). Il fut préalablement le 4e abbé de Sept-Fons, l'abbaye-fille de Fontenay fondée en 1132. Le pape Alexandre III le gratifia, en 1169, d'une bulle confirmant tous les biens de l'abbaye ainsi que ses droits et la possibilité d'élire son abbé avec l'agrément de Clairvaux, comme c'était la coutume cistercienne habituelle. Cette pierre tombale est incomplète et mutilée du fait de ses transports successifs. C'est dans le cloître qu'on l'a retrouvée. Elle ne montre plus au centre que la hampe de la crosse et mesure aujourd'hui 1 m 15 de long sur 0 m 62 de large. On y lit l'inscription suivante : …T.PIE.MEMORIE.DOMINUS.GUILLERMUS. SEXTUS.ABBAS.FONTENETI.ET. ANTE. ce qui se traduit : (+ ci gît) de pieuse mémoire le seigneur Guillaume 6{e} abbé de Fontenay et auparavant…

Les tombes seigneuriales

La plus imposante est aux armes des Mello d'Époisses en Bourgogne. Bien que mutilée, nous pouvons avoir une certaine idée de ce qu'elle fut à l'origine par sa magnificence. Un des manuscrits de la *collection Bourgogne* de la Bibliothèque Nationale de France évoque au sujet de ce mausolée les figures du Christ, de la Vierge et un riche décor architectural dont on n'a plus que des traces dans l'arrachement des parois voisines. Placée aujourd'hui sur un socle moderne, la pierre tombale représente une femme, qui

mesure 1 m 75, couchée aux côtés d'un chevalier, vêtue d'un élégant surcot serré à la taille par une fine ceinture. Elle a les mains jointes et sa tête voilée repose sur un coussin. À ses pieds deux levrettes. Sa noblesse d'allure fait du lévrier un animal pur, et en sa qualité de gardien vigilant de la demeure, un signe de fidélité. Le chevalier qui est à ses côtés mesure près de 2 m. Casqué, il est en armes : revêtu d'une cotte de mailles, d'un surcot et de son armure ; il porte son épée à ses côtés et un écu aux armes de la famille des Mello, ainsi présentées en héraldique : "d'or à deux fasces de gueules et un orle de merlettes de même". Ses pieds reposent sur deux lions dos à dos, symbole de puissance et de justice exprimant à ce titre qu'il est garant d'un pouvoir seigneurial. Sa tête repose aussi sur un coussin ouvragé. Ces deux gisants sont placés sous un dais, symbole de leur dignité. Un cadre mouluré et fleuronné entoure leurs corps. Il s'agirait de Dreux II de Mello et d'Elvise de Montréal. Des deux côtés se tiennent de petits moines en prière, hélas très abîmés, les mains jointes ou lisant l'office des morts. On les reconnaît à leurs grands capuchons. C'était une coutume de les représenter ainsi auprès des défunts, comme signe de leur engagement d'intercession pour ceux-ci.

L'ensemble serait de la fin du XIIIe siècle ou de la première moitié du XIVe.

Il y a aussi la longue pierre tombale de Simon, seigneur de Rochefort, et de sa mère, Marguerite (2 m 15 sur 0 m 85), qui, aux dires des moines visiteurs, Martène et Durand, se trouvait au XVIIIe siècle dans la sacristie :

+ HIC IACET NOBIL(is) VIR SIMONDUS RUPIS FORTIS + ET MARGARITA MATER (eius) REQUIESCANT IN PACE AMEN. + ci gît le noble homme Simon de Rochefort + et Marguerite sa mère. Qu'ils reposent en paix. Amen.

Bien que la dalle soit brisée dans sa partie supérieure, on distingue les traces de deux anges thuriféraires émergeant des nuées. Au centre, l'élégante croix gemmée et fleuronnée qui porte un Agneau de Dieu se termine par une longue hampe fichée dans la gueule unique de deux chiens affrontés.

Sire de Rochefort lui aussi et de Moulinot, Eudes de Frôlois est décédé en 1308. Sa pierre tombale mesure 2 m 15 de long sur 1 m 05 de large. On le voit représenté en armes avec sa cotte de mailles de fer, dans l'encadrement d'une architecture trilobée, richement décorée, surmontée d'un arc à contre-courbe couronné d'un fleuron feuillu et décoré de cinq feuilles de chaque côté. Seul son

Le gisant d'Eudes de Frôlois

À droite : Le gisant d'André de Quincy

visage n'est pas protégé par cette armure moulant parfaitement tout son corps, y compris ses pieds et ses mains. Ces dernières sont jointes, tandis qu'aux pieds il porte des éperons. Son petit chien le regarde. Par-dessus sa cotte de mailles, il porte un vêtement élégant, comme une robe descendant jusqu'à mi-mollets. Une longue et large ceinture ceint à sa taille son épée sur son côté gauche. Dans les coins supérieurs au-dessus de l'architecture se trouvent les écus qui portaient autrefois ses armes, vraisemblablement inscrites sur des plaques de cuivre émaillées aujourd'hui perdues. Sur le pourtour, comme on le trouve habituellement, une inscription en vieux français aujourd'hui partiellement effacée, mais dont le texte nous a été conservé par la copie du manuscrit de la *collection de Bourgogne* de dom Plancher et qui indique :
+ CI : GIT : MESIRES : ODES DE FROLOIS, SIRE DE ROCHEFORT ET DE MOULLEMENT QUI TREPASA : LAN : DE : GRACE : MIL : CCC : ET VIII : LE PREMIER IOUR : DE IANVIER : JESUS CHRIST AYE LAME : DE LUI : AMEN :
De la même famille encore, à la fin du XIVe siècle, Milon de Frôlois est présenté comme un jeune homme revêtu d'un élégant surcot, tête nue avec ses longs cheveux bouclés cachant ses oreilles, debout sous un arc trilobé, surmonté d'une tourelle, plus ample et plus sobre cependant que celle que nous venons d'évoquer. Il a les mains jointes légèrement ouvertes vers lui, ses pieds chaussés de pigaches élégantes (chausses à la mode), reposant sur son chien. Son épée, dont l'attache pend, est à côté de lui, à sa droite. Au-dessus du trilobe, deux anges descendent du ciel en tenant en main un encensoir. Tout porte à croire qu'il s'agit d'un jeune clerc, un étudiant. Ici aussi, nous bénéficions de l'aide du manuscrit du XVIIIe siècle pour reconstituer l'inscription, en langue latine, aujourd'hui très effacée : + HIC : IACET : NOBILIS MILONIS FROLESII CUIUS ANIMA REQUIESCAT IN PACE AMEN.

+ CREDO : QUOD : REDEMPTOR MEUS : VIVIT : ET : IN : NOVISSIMO : DIE : DE TERRA SURRECTUR : SUM : ET : IN : CARNE : MEA : VIDEBO : DEUM : SALVATOREM : MEUM : HUIUS : SPONSA : VIRI : VOLUIT : SE CONSE PELIRI. Ce qui signifie : "+ ci gît le noble Milon de Frolois. Que son âme repose en paix. Amen. + je crois que mon rédempteur vit et au dernier jour qu'il surgira de terre et présent dans ma chair je verrai Dieu, mon Sauveur [Job 19, 25-26]. La fiancée de cet homme a voulu être ensevelie avec lui". Parmi les autres pierres, une grande pierre brisée de 2 m 10 de long et de 1 m 22 de large, portant les effigies d'un seigneur et de sa dame, les mains jointes, vêtus l'un et l'autre de longs bliauds, sous des architectures du XIVe siècle. Elle est trop effacée pour qu'il soit possible d'identifier ces personnages.

Notons deux grandes dalles en marbre noir : l'une est celle de l'aîné des seigneurs de Mello, l'autre celle d'Eustoche, de la famille des Lusignan, épouse de Dreux de Mello, parente du roi Édouard d'Angleterre, décédée en 1230 et enterrée sous le portique de l'église avec l'épitaphe :
+ HIC IACET ILLUSTRIS MULIER EUSTACHIA UXOR QUONDAM DOMINI DROGONIS DE MOLLOTO EDOARDI ILLUSTRIS REGIS ANGLORUM CONSANGUINEA, QUAE APUD CARTAGINEM MIGRAVIT AD DOMINUM ANNO DOMINI MCCXXX. Ce qui signifie : + Ci gît l'illustre dame Eustoche épouse de feu le seigneur Dreu de Mello, parente de l'illustre roi des Anglais, qui décéda à Carthage l'an du Seigneur 1230.
Les visages étaient gravés sur des plaques de cuivre incrustées dans le marbre. "Le tombeau avait été de 1840 à 1907, selon les informations données par René Aynard, sous le cloître à l'entrée de la salle capitulaire, alors bouchée".

4
Le cloître
Jardin de l'âme et école de charité

Franchissant la porte la plus proche du transept dans le bas-côté méridional de l'église, nous entrons dans la cour intérieure de l'abbaye. Elle est formée par quatre galeries qui constituent le pourtour d'un riant jardin intérieur. Le cloître est, à juste titre, le symbole du monastère que l'on appelle aussi "cloître" : entrer au monastère, c'est entrer au cloître, c'est entrer dans un monde enclos, c'est entrer en clôture.

Un lieu symbolique

Pour bien comprendre ce qu'évoque ce lieu, il nous faut écouter ce que l'on trouve dans un des sermons de saint Bernard, le *42ᵉ sermon divers*; l'abbé y exprime en une sorte de "géographie mystique" sa vision du monde, du monastère et de l'au-delà, situant ces "contrées" les unes par rapport aux autres. Son regard sur le monde, très réaliste, est néanmoins extrêmement pessimiste, presque choquant pour nous aujourd'hui. On comprend alors mieux le rôle attribué par les auteurs du Moyen Age à ce monde enclos du monastère dans l'œuvre du salut personnel, et l'insistant rappel de Bernard sur la nécessité d'entrer au monastère pour être sûr d'être sauvé. C'est avec un tel discours qu'il persuada un grand nombre de couples de se séparer

*Vue du cloître
depuis la salle du chapitre*

*à droite : galerie nord
du cloître vue de l'Est*

pour rejoindre des monastères différents. Les origines de Fontenay y trouvent directement leur source.

Pour l'abbé de Clairvaux, l'homme a été conçu par Dieu comme une créature noble, mais qui s'est laissée tomber de la ressemblance à la dissemblance. Aussi, depuis ce péché originel, les hommes naissent et meurent dans la douleur, et vivent dans les labeurs. Ils croient faussement qu'ils sont quelque chose alors qu'ils ne sont rien : *"Depuis la plante des pieds jusqu'au sommet de la tête, il n'y a rien de sain en nous"* dit Bernard. Telle est la misère de l'homme. En contrepoint de ce monde qui est vraiment mauvais, le cloître apparaît comme un paradis, une contrée protégée par le rempart de la discipline, car cette dernière donne une ordonnance à l'ensemble et il en résulte une grande abondance de *"marchandises précieuses"*. L'image sous-jacente à l'ensemble du sermon est, en effet, celle d'un marché de négoce. Que se passe-t-il dans le cloître ? L'un pleure ses péchés, l'autre chante les louanges du Seigneur ; l'un prodigue ses services à ses frères, l'autre les enseignements de la science ; l'un prie, l'autre lit ; l'un est ému de compassion pour le pécheur, l'autre est tout occupé à punir le péché ; l'un brûle des feux de la charité, l'autre se distingue par son humilité ; l'un se montre humble dans la prospérité, l'autre sublime dans l'adversité ; l'un travaille dans la vie active, l'autre se repose dans la vie contemplative ; bref, tous ne font qu'un et il n'y a là rien d'autre que la maison de Dieu et la porte du ciel – pour reprendre les images que l'abbé de Clairvaux emprunte au récit de l'échelle de Jacob (Gn 28,10-18). Cette région, à n'en pas douter, celle de la vie et de la vérité, c'est le paradis claustral, tandis que le monde, région de la mort, est le lieu de la dissemblance, la *regio dissimilitudinis*.

Dans l'au-delà se trouvent trois autres contrées : le purgatoire, lieu de l'expiation, l'enfer, terre d'oubli et d'affliction où n'habite qu'un désordre éternel, et le paradis supra-céleste, contrée pleine de richesses à laquelle nous aspirons depuis notre "vallée de larmes".

Telles sont les contrées de la "géographie mystique" de saint Bernard, qui nous permet de mieux saisir le regard profond qu'il portait sur les réalités visibles et invisibles, fondatrices de ses conceptions sur l'homme, sur le monde, sur la vie de relation aux autres et à Dieu, sur les enjeux mystiques

et véritables de l'existence humaine.

La clôture du cloître, visible et bien réelle, exprimant la rupture volontaire avec le monde du dehors, n'a de sens que pour favoriser l'entrée dans un monde tout intérieur, comme nous l'avons déjà évoqué en visitant l'église. Et ce n'est pas le moindre des paradoxes que ce lieu hautement symbolique du cloître soit revêtu d'une double vocation : une vocation de parfaite fonctionnalité et une vocation de gratuité extrême.

En ce lieu, la terre et le ciel se rejoignent dans une symbolique à trois dimensions : dans son horizontalité, l'homme s'y trouve dans un jardin, comme aux premiers temps de la création, en relation avec la nature, son milieu de vie ; dans sa verticalité, son regard est tourné vers le ciel, vers lequel tout et tous convergent, d'où vient tout bien et sans lequel il n'est aucun bien, véritable échappée vers l'infini ; dans sa spatialité, ce sont les quatre points cardinaux du monde que symbolisent les quatre galeries du cloître (le chiffre quatre est celui de la terre : les quatre éléments, les quatre saisons, etc.).

Le moine a quitté ce monde, sans le quitter vraiment, car le monde demeure toujours présent dans ce qui est vécu au sein de la communauté des frères. C'est pourquoi le monastère est en fait une école, une école de charité, comme l'évoque saint Benoît dans sa Règle. Une école où le seul maître est le Christ, à l'écoute de qui le moine a choisi de se placer, comme nous l'avons rappelé à propos de l'église.

Une école de charité : *schola charitatis*

Cette perception spirituelle de la communauté, Guerric, abbé d'Igny, un des premiers Pères cisterciens, l'évoque bien :

Le cloître : galerie sud

Pages suivantes :
(en haut à gauche) Galeries est et nord
(en bas à gauche) Galeries ouest et sud
(en haut à droite) Galeries nord et ouest
(en bas à droite) Galeries sud et est

"C'est bien dans un 'lieu où il y a de quoi se repaître que le Seigneur m'a placé', quand il m'a associé à l'assemblée des saints, dont le 'ventre est semblable à un monceau de blé entouré de lis' : qu'est-ce que ce 'monceau de blé', sinon l'abondance de la parole divine contenue en tant de livres que l'on a rassemblés de partout ?... Et ce n'est pas une maigre nourriture pour l'âme fidèle que de voir 'autour d'elle tant de lis' qui fleurissent avec une telle beauté et une telle grâce, en qui elle peut recueillir des exemples de toutes les vertus, différentes en chacun d'eux. Celui-ci a de plus solides racines grâce à l'humilité, celui-là est plus épanoui dans la charité ; l'un est plus robuste pour exercer la patience, l'autre plus prompt à obéir ; celui-ci est plus austère dans l'abstinence, celui-là se rend plus utile par son travail ; celui-ci est plus dévot dans l'oraison, celui-là plus appliqué à la lecture ; celui-ci plus prudent dans l'administration, celui-là plus saint dans le recueillement... Or, les voir et s'en réjouir, en tirer un profit spirituel, qu'est-ce donc sinon 'se repaître parmi les lis'" (2ᵉ sermon pour la fête des saints Pierre et Paul, 4).

En entrant au monastère, le novice quitte donc le monde pour entrer dans une "assemblée de frères", un "autre monde" qui tend à trouver ses racines dans le monde de Dieu, auquel le moine aspire de toutes ses forces. Désormais, soumis dans l'obéissance à la Règle de saint Benoît et à l'abbé – représentant du Christ –, il promet, le jour de sa profession, de convertir ses mœurs à une vie de charité.

Cela ne se fera pas en un jour, c'est le fruit d'un long et difficile combat où la communauté joue le rôle d'une école et où les frères sont les uns pour les autres, par leurs vertus, la source d'un renouvellement perpétuel qui les fait marcher ensemble vers Dieu.

Il ne s'agit donc pas d'une pure et simple cohabitation, mais bien d'une démarche de vie où tous sont à égalité, comme le manifeste symboliquement l'uniformité de leur habit, où l'on se soutient mutuellement, tout en respectant la vocation de chacun.

Autour du cloître vont donc s'organiser les lieux de vie qui favoriseront une union profonde dans la démarche vers Dieu, sans confusion des vocations.

À nos yeux d'hommes modernes, il n'est pas toujours aisé de percevoir ce que signifie le fait que tous les lieux monastiques soient communs, ne laissant aucune possibilité d'échapper au regard d'autrui. Une telle "promiscuité volontaire" impose des règles strictes, comme celle du silence, afin de respecter le mieux possible les autres dans leurs colloques intimes avec Dieu. Le silence est repos (*quies*) – un des mots les plus usités dans le vocabulaire des Pères du monachisme –, il est ouverture à l'avènement d'une parole : "*choisir le silence pour saisir la parole, pour être ce disciple aux aguets d'un mot, d'un ordre*" comme le dit admirablement l'hymne monastique composée pour la fête de saint Benoît. Telle est bien la vocation des moines.

Lieu de rumination de la Parole

Le cloître, jardin intérieur de l'âme, école de charité, est aussi un lieu privilégié de rumination de la Parole de Dieu. Ce doit donc être un lieu de calme, sinon de silence absolu. En tout temps, les frères peuvent donc s'y livrer à la *lectio divina* aux temps fixés. Ils le feront assis sur les banquettes que forment les ouvertures. La lecture se faisait à mi-voix et psalmodiée, sans doute pour faciliter la mémorisation (EO. LXXIX). Mais après vêpres, cela devra se faire en silence, silence de paroles et même de signes, puisqu'il existait un langage gestué qui permettait de respecter le silence extérieur.

Le cloître est également un lieu de déambulation, un lieu d'illumination extérieure et intérieure. Quelle que soit l'heure du jour, il est baigné de la lumière qui vient d'en haut et se diffuse aux quatre coins de l'horizon. Lorsque le soleil daigne se montrer, sa course se projette sur le sol à travers les ouvertures du cloître et réalise ainsi comme un cadran solaire inscrivant la vie monastique dans le temps qui passe. Caressant la pierre, les rayons de lumière font vivre l'architecture en animant les murs, ils soulignent les tores et les scoties des arcs grâce à un jeu de lignes d'ombre et de lumière, tout en mettant en valeur la rudesse du matériau, que souligne le grain de la pierre.

Cœur du monastère

Le cloître est aussi un passage obligé, la plaque tournante du monastère autour de laquelle s'organise toute la vie quotidienne. Toutes les pièces y sont attenantes. Pour respecter les vocations différentes, les moines cisterciens eurent très tôt l'idée de constituer deux groupes de religieux au sein d'une même réalité monastique, non en les opposant, mais en les conjuguant. C'est ce qu'exprime admirablement le récit du Petit Exorde au chapitre XV : "*Alors, ayant méprisé les richesses de ce monde, les nouveaux soldats du Christ, pauvres avec le Christ pauvre, commencèrent à se demander quel plan, quelle organisation de travail ou quelle activité pourrait leur permettre, dans cette forme de vie, de subvenir à leurs besoins et à ceux des hôtes, riches et pauvres, qui se présenteraient et que la règle ordonne de recevoir, comme le Christ. Ils décidèrent donc de recevoir avec la permission de leur évêque des convers laïques, portant la barbe, et de les traiter comme eux-mêmes pendant leur vie et à leur mort, à l'exception du statut monastique, et de recevoir aussi des ouvriers salariés, car ils ne pensaient pas pouvoir, sans leur soutien, observer pleinement,*

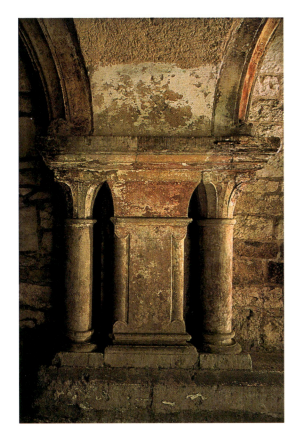

de jour et de nuit, les préceptes de la Règle. Et comme ils avaient établi ici ou là des centres d'exploitation agricole, ils décidèrent que ce seraient les convers, et non pas les moines, qui administreraient ces maisons, car la demeure des moines, selon la règle, doit être à l'intérieur de la clôture."

Le statut monastique dont parle ce texte fait référence à l'obligation de participer au chant des psaumes de l'Office divin. Si les moines doivent se rendre sept fois par jour à l'office, il leur devient difficile de s'éloigner de l'église et du monastère, pour accomplir les travaux ruraux nécessaires afin de disposer des ressources permettant d'accueillir riches et pauvres dans un esprit de gratuité et d'accueil christique. Il fallait donc trouver des expressions de prière diversifiées et ne nécessitant pas d'avoir avec soi des livres. Déjà les moines de Cluny avaient conçu un "office des *Pater*" où l'on récitait le Notre Père et d'autres prières apprises par cœur.

Les besoins n'étaient pas les mêmes non plus sur le plan alimentaire, lorsque l'on se livrait à de gros travaux. La sagesse la plus élémentaire invitait donc à concevoir, par charité non par esprit de ségrégation – comme certains auteurs l'ont dit à tort, animés par les idées modernes de lutte des classes –, l'existence de bâtiments différents, tant pour la réfection quotidienne que pour le sommeil. S'adonnant à des travaux plus intenses et fatigants, les convers devaient se nourrir et dormir davantage, surtout pendant la période estivale des gros travaux. Un bâtiment spécifique, le long de la galerie occidentale, fut donc construit et réservé à l'usage exclusif des convers avec, au rez-de-chaussée, un réfectoire propre et, à l'étage, un dortoir propre ; de même les convers se réuniront dans les premières travées du fond de l'église pour dire leurs prières, tandis que les moines formeront dans l'avant de la nef, près du presbytère, un chœur propre. Bref, comme l'exprime le cistercien dans le *Dialogue entre un moine cistercien et un clunisien* (L. III, 43) "*à l'intérieur de la clôture, nous avons deux monastères : l'un de convers, l'autre de moines clercs.*"

Ces dispositions se traduisent dans l'organisation des bâtiments autour du cloître : en général, à l'Est, c'est-à-dire dans le prolongement du transept de l'Église, est construit le bâtiment des moines, et parallèlement à l'Ouest celui des convers. De ce fait, en dehors de la galerie dite des

L'église et le dortoir vus de l'emplacement du lavabo

*À droite :
Le cloître vu du dortoir*

convers, qu'ils utiliseront tant que l'on ne leur aura pas construit un "passage des convers" en dehors du cloître, leur donnant un accès direct à l'église depuis leur bâtiment, les trois autres galeries du cloître seront exclusivement réservées aux moines. À Fontenay, il existait une porte dans la première travée méridionale de l'église du côté de la façade, correspondant à cette ruelle dont nous n'avons plus trace aujourd'hui puisque le bâtiment des convers a été détruit quand il menaça ruine. Cette porte a été rebouchée lorsque le bâtiment a disparu pour laisser place à la demeure des abbés commendataires, qui fut construite perpendiculairement à la galerie du cloître.

Le bâtiment des moines

Quant au bâtiment des moines, il est situé dans le prolongement du transept, de sorte qu'ils puissent directement descendre dans l'église, depuis le dortoir situé à l'étage, par l'escalier de nuit. La première pièce que l'on trouve en sortant de l'église dans le cloître est la sacristie. Elle avait deux portes, dont l'une donnait accès directement à l'église au niveau du transept, et l'autre au cloître dans la galerie du chapitre.
Un *armarium*, sorte d'armoire où l'on rangeait les livres à usage liturgique, était placé à l'entrée même de l'église dans le cloître, de sorte que leur transport s'en trouva facilité. Une niche fut aménagée pour l'éclairage de ce coin, comme le demandaient les usages monastiques (E.O. 114,3). L'*armarium* a été retrouvé et restauré en 1911 lors de travaux réalisés pour consolider l'aile orientale du cloître. Il est probable qu'il fut à l'origine plus petit qu'on ne le voit aujourd'hui, et que cette modification entraîna aussi celle de la porte d'entrée de l'église. En insistant sur la nécessité d'avoir des livres communs et tous identiques dans les diverses abbayes, les statuts généraux nous en donnent la liste : *"Que partout les livres suivants soient des copies conformes les unes aux autres : missel, épistolaire, évangéliaire, recueil des collectes, graduel, antiphonaire, règle, recueil des hymnes, psautier, lectionnaire, calendrier"* (IC. III). Dans un autre statut, on insiste sur le fait que, dans tous les monastères, on doit utiliser les mêmes livres, au moins en ce qui concerne l'office divin et, dans les consignes données pour la fondation d'un nouveau monastère, on a une liste très semblable : *"En fait de livres, qu'il y ait au moins le missel, la règle, le livre des usages, le psautier, l'hymnaire, le recueil des collectes, le lectionnaire, l'antiphonaire, le graduel"* (IC. XII). À l'origine, selon toute vraisemblance, c'est dans l'*armarium* ou dans un placard de la sacristie que devaient se trouver ces livres. D'autres viendront les rejoindre. Mais

avec les années, la bibliothèque s'enrichissant, il fallut concevoir un autre lieu, le plus souvent situé à l'étage, à proximité du dortoir, comme les catalogues anciens des bibliothèques nous l'apprennent. Nous aurons l'occasion d'en reparler pour ce qui concerne Fontenay.

La **sacristie** n'avait autrefois pas de communication avec la salle capitulaire. Une partie du mur de séparation a été abattue sur une travée lors de l'occupation des lieux par l'usine de papeterie, au siècle dernier. Elle était plus longue que nous ne la voyons à l'heure actuelle. Son mur extérieur était situé dans le prolongement de celui des absidioles et de celui de la salle du chapitre. Son ouverture sur le cloître était fermée par une porte en bois, comme en témoigne le dispositif réservé aux gonds encore visible. Un placard destiné, selon toute vraisemblance, à la réserve des vases sacrés devait exister, peut-être au niveau de la porte obturée. Il existait aussi dans les sacristies cisterciennes de belles armoires en bois, mais celles-ci ont pratiquement toutes disparu. On en connaît un très beau spécimen qui a été placé dans le transept de l'église abbatiale cistercienne d'Aubazine, près de l'escalier de nuit. Elle est en chêne avec de belles ferrures. Sa rusticité et sa sobriété sont très caractéristiques du travail cistercien du XIIe siècle.

La vaste **salle du chapitre** qui fait suite à la sacristie donne directement dans le cloître. On y accède par une grande ouverture aux belles proportions, surmontée d'un arc cintré composé de gros boudins qui reposent sur quatre colonnettes, dont les chapiteaux et les bases sont assortis à ceux du cloître. De part et d'autre de l'entrée, deux ouvertures jumelées en plein cintre. Elles permettent non seulement à la lumière de pénétrer, mais aussi et surtout d'entendre dans le cloître ce qui se dit dans la salle

98 Le cloître

*Emplacement primitif de la lampe,
à l'entrée de l'église, près de l'armarium*

*À droite :
intérieur de la salle du chapitre*

lorsqu'on n'a pas "voix au chapitre". Leur rôle est donc d'abord et avant tout acoustique, car lorsqu'ils étaient admis à écouter le *sermo generalis*, les convers, qui n'avaient pas leur place au chapitre, se tenaient dans la galerie. Il devait probablement en être de même pour les novices, qui n'y étaient conduits qu'à certaines occasions par le maître des novices. En effet, dans son *8ᵉ sermon divers*, saint Bernard parle d'eux et s'adresse à eux. La salle avait des dimensions adaptées au nombre de moines profès de la communauté, et il pouvait y avoir plusieurs rangées de bancs en gradins le long des murs. C'est ce qui explique le rétrécissement "en sifflet" des colonnettes du pourtour, lesquelles reçoivent les retombées des doubleaux qui soutiennent les voûtes. Plus tard on mit au point les retombées en culot, le long des murs, comme dans la salle des moines. Nous n'avons pas une idée exacte, à l'heure actuelle, de l'ampleur de l'espace de cette salle, en raison même de la destruction des murs latéraux qui la séparaient de ses voisines, et surtout de l'ensemble des trois travées les plus orientales, qui ont disparu. Les fûts de colonne emmurés ont été dégagés et manifestent l'existence de ce qui a aujourd'hui disparu. Les retombées des doubleaux et des arcs assez massifs de la voûte, tous composés de gros boudins sertis de plus petits, donnent malgré tout une légèreté élégante à l'ensemble, grâce au jeu des fines lignes d'ombre et de lumière que dessinent tores et scoties. Nous sommes à la charnière du roman et du gothique. Cette salle et tout le bâtiment ont été achevés dans la seconde moitié du XIIᵉ siècle, après l'église. Ainsi peut-on suivre d'une pièce à l'autre, en partant de l'église, les légères modifications qui manifestent la mise au point progressive de la technique de construction. Ici, pour ajouter une note d'élégance – ce qui était souvent le cas dans les salles du chapitre cisterciennes où l'on se permettait une austérité moindre que dans l'église – les voûtes ont des fleurs différentes à chaque croisée et retombent sur des colonnes centrales dont la massivité du noyau est masquée par huit colonnettes plaquées en faisceaux, correspondant à chacune des retombées de voûte. Les chapiteaux restent sobres. Ce sont des feuilles stylisées qui épousent les formes du chapiteau et assurent, avec les astragales en anneaux, un passage harmonieux

de l'octogone du tailloir à l'arrondi des colonnettes. Au-dessus de l'octogone du tailloir, là où naissent les arcs, une collerette de pierre est composée de motifs semi-circulaires très caractéristiques du milieu et de la seconde moitié du XIIe siècle. On peut d'ailleurs les comparer à ceux que l'on trouve en plusieurs endroits à Vézelay et qui sont de la même époque. Au pied des colonnes, les bases sont composées d'un simple jeu de tore annulaire et de scotie profonde. Cela annonce déjà des procédés décoratifs communs que l'on trouve dans l'"art français". L'ensemble de chaque pile est bien établi sur une masse cubique de pierre qui en assure l'assise. Celle-ci est aujourd'hui bien visible, en raison du sol refait quelques centimètres plus bas qu'initialement.

À quel moment se réunissait-on en salle du chapitre ? Les *Ecclesiastica officia* nous le disent et nous font connaître le cérémonial quasi liturgique auquel chaque réunion donnait lieu (EO. LXX). Il y avait quotidiennement une réunion au chapitre. Les dimanches et jours de fête, elle se déroulait aussitôt après la messe matutinale, tandis que les autres jours, en été, elle se faisait après prime, c'est-à-dire avant de se rendre au travail, et en hiver, après tierce, donc après le travail du matin. Le prieur à l'origine, le sacristain par la suite, était chargé de sonner jusqu'à ce que soit donnée la bénédiction d'ouverture.

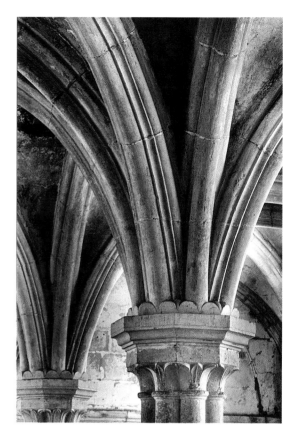

Les sermons au chapitre étaient prononcés seulemennt aux fêtes principales, qui étaient au nombre de douze et auxquelles il faut ajouter le premier dimanche de l'Avent. C'est à ces sermons que les convers étaient invités habituellement.

Lorsqu'ils étaient novices, les convers avaient exceptionnellement accès au chapitre pour leur pétition, c'est-à-dire leur admission, et après une année, pour leur profession. Ils y étaient alors conduits par le cellérier (EO. CXIII).

Il en était de même pour un frère novice destiné à devenir moine de chœur. Il était conduit par le maître des novices au chapitre, où il faisait don de ses biens après l'année de probation (EO. CXIII et CII).

En dehors des temps de réunion, il était prévu que la salle du chapitre puisse en hiver accueillir les frères aux heures prévues pour leur *lectio divina* personnelle et également pour s'y confesser.

Le cérémonial du chapitre

En entrant, chaque frère s'inclinait vers l'orient en arrivant à sa place et saluait ses voisins en s'inclinant avant de s'asseoir. Lorsqu'arrivait l'abbé ou le président du chapitre (le prieur en l'absence de l'abbé ou le sous-prieur en l'absence des deux), tous se levaient, s'inclinaient sur son passage et s'asseyaient après lui. Le voisin de l'abbé s'inclinait profondément devant lui avant de s'asseoir. Le prieur se tenait à la droite de l'abbé.
Le lecteur ouvrait alors le livre, s'inclinait afin de recevoir la bénédiction, puis faisait la lecture du martyrologe. Ensuite les frères se levaient et s'inclinaient vers l'orient. Ils disaient à la suite du prêtre hebdomadier le verset prévu dans le recueil des collectes, puis le *Kyrie eleison* avant de réciter le 'Notre Père'. Ils se rasseyaient après la formule *Adjutorium nostrum in nomine Domini* et la réponse *Qui fecit caelum et terram* qui commençait et achevait chaque réunion du chapitre.
Après la lecture du chapitre de la Règle (lecture qui a donné son nom à la réunion et au lieu), on procédait à celle de la liste des tâches à accomplir, le jour où commençaient ces services (en général le samedi soir). Les dispenses étaient alors données par l'abbé, si les frères faisaient connaître un empêchement.
Après la lecture de la tablette organisant le travail, avait lieu la commémoration des défunts de l'Ordre, puis le commentaire de la Règle par l'abbé ou le président du chapitre. Ensuite, était donnée la possibilité aux frères de parler de l'observance de leur vie : c'était le chapitre des coulpes. Celui qui se savait fautif de quelque chose se prosternait. Puis, venaient les "proclamations" faites par les frères les uns à l'égard des autres, avec quelques directives de sagesse comme, par exemple, le fait qu'un frère ne pouvait proclamer celui qui l'avait proclamé le même jour. Il faut voir dans cet exercice des coulpes, vécu en communauté, qui peut nous paraître bien sévère aujourd'hui, une valeur spirituelle. Il y avait, en effet, une conscience très vive de la solidarité et de la responsabilité mutuelle pour que la conversion de chacun porte des fruits pour la communauté tout entière. Le but était que tous et chacun progressent en sainteté vers Dieu.
Il n'était pas exclu qu'un hôte de marque (évêque, abbé ou roi), puisse être reçu au chapitre. La clôture n'était pas un absolu, mais une simple précaution et un signe. En général, cependant, il n'était pas permis aux hôtes de participer aux processions faites dans le cloître, ni d'entrer au chapitre pour les sermons, à moins – nous disent les *Ecclesiastica officia* – qu'il ne s'agisse d'une personne si respectable qu'il convienne de le lui permettre

Le cloître

Le passage vu vers le cloître

À l'extrémité du bâtiment, se trouvait la longue salle dite "salle des moines", séparée de celle du chapitre par **le passage**. Celui-ci permettait de sortir du quadrilatère du cloître pour se rendre dans les jardins situés à l'orient et dans les champs. Ce passage a parfois été utilisé comme parloir où des consignes pour les travaux à effectuer pouvaient être données par le cellérier ou l'abbé.

Le travail est une des activités essentielles du moine, car "*l'oisiveté est ennemie de l'âme*", dit saint Benoît dans sa Règle, en reprenant la tradition monastique la plus antique. "*Pour éviter ce danger, les frères s'occuperont à certains moments au travail des mains.*" Après avoir décrit avec précision les moments à y consacrer selon les périodes de l'année, Benoît légitime le travail manuel par l'exemple des Pères et des Apôtres (RB. XLVIII).

Le travail manuel n'était donc pas réservé à une catégorie de moines. Et même si les Cisterciens ont créé et surtout organisé le corps des convers pour le travail des mains, ils ont voulu aussi redonner aux moines de chœur le temps nécessaire pour des activités manuelles. Les premières décisions capitulaires disent en effet : "*Leurs moyens de subsistance, les moines de notre ordre doivent les tirer du travail manuel, de l'agriculture et de l'élevage*" (IC. V). Parce que, comme cela est explicité dans un autre statut : "*Il serait indigne de notre état et de notre ordre que nous acceptions les revenus attachés aux églises, aux autels, aux sépultures, ou la dîme sur les récoltes et les produits d'élevage appartenant à autrui, que nous possédions des villages avec leurs habitants, que nous percevions des taxes sur les terres, des droits de fournage et de moulage, et toutes sortes de choses semblables qui sont contraires à la pureté monastique*" (IC. IX).

En ce sens, les moines cisterciens ont voulu vraiment retourner aux sources du monachisme et prendre position de façon positive par rapport à la valeur du travail manuel pour lequel, au XIIe siècle, on avait perdu quelque considération au regard de l'étude et de ce 'travail spirituel' que constituait la liturgie.

Nous sommes au cœur de ce qui opposera les moines noirs de Cluny et les moines blancs de l'ordre de Cîteaux. Au moment où se construisent les bâtiments de l'abbaye de Fontenay, cette question du travail manuel fait partie des points épineux qui opposent cisterciens et clunisiens. C'est la définition même de leur genre de vie qui est en jeu.

Mais Aelred de Rievaulx, un saint abbé cistercien, enseignera avec sagesse : "*Voyez-vous, mes frères, si Marie était seule dans la maison, personne ne donnerait à manger au Seigneur ; si Marthe y était seule, nul ne goûterait sa présence et ses paroles. Marthe représente donc l'action, le travail accompli pour le Christ ; Marie, le repos qui libère des travaux corporels pour faire goûter la douceur de Dieu dans la lecture, l'oraison ou la contemplation. Tant que le Christ sera sur terre, pauvre, en proie à la faim, à la soif, à la tentation, il faudra que ces deux femmes habitent la même maison, que dans une même âme s'exercent ces deux activités*" (1er Sermon pour l'Assomption). Il s'agit donc, plutôt que de magnifier l'une des deux vocations, de les harmoniser toutes deux ensemble pour faire face aux nécessités du service du Christ en l'autre.

Par ailleurs, s'il est clair que pour les cisterciens l'argument d'obéissance au précepte apostolique et à la règle de subvenir à ses besoins par son propre travail est premier, il y a aussi, dans les œuvres de leurs auteurs spirituels, un autre argument, celui de contribuer à réduire le corps en servitude afin de développer la vie spirituelle, en complément avec les observances ascétiques du jeûne, de la veille et de l'abstinence. "*Le travail est une charge qui, comme le poids qui leste un navire, donne stabilité et équilibre aux cœurs inquiets*, écrit Guerric d'Igny, *et en outre affermit et met en ordre l'état de l'homme extérieur*" (3e Sermon pour l'Assomption).

Naturellement, cette position est à mettre en rapport avec la conception que les Cisterciens se faisaient du rôle des sens, de la concupiscence, du corps en général, qui s'enracinait dans les valeurs présentées chez les Pères du désert et leurs commentateurs ultérieurs.

Revenons au travail manuel dans sa réalité concrète. Il pouvait prendre de multiples formes. Lorsque l'on pense à l'importance donnée au travail agricole, on risque d'oublier un peu vite la place que tenait la copie des manuscrits dans les débuts de Cîteaux. Certes, seuls quelques moines se livraient à ce type d'ouvrage particulièrement délicat, comme nous l'évoquerons plus loin. On privilégiait sans doute un travail nécessitant moins d'attention de l'esprit et davantage d'humilité. Mais dans l'un comme dans l'autre travail, ce qui est important et que rappelle l'ex-bénédictin devenu cistercien, Guillaume de Saint-Thierry, dans sa lettre aux Chartreux du Mont-Dieu, en 1148, c'est qu'il est capital d'être occupé intellectuellement (lecture, écriture) ou manuellement (labeur des champs), parce que par la fatigue, le travail pénible, en brisant le corps, ouvre à la dévotion par la contrition et l'humiliation du cœur. Or, celle-ci est la source d'une vraie joie spirituelle. S'il est

Aile du dortoir avec son clocheton

certain que l'accablement de fatigue provoque un sentiment de dévotion plus fervente, il faut malgré tout que, comme les jeûnes et les veilles, le travail soit accompli raisonnablement et avec discrétion. Il est bon parfois d'affliger le corps, mais il n'est pas souhaitable de le briser. Il faut par conséquent garder la mesure en tout pour ne pas oublier que vaquer à Dieu est l'œuvre des œuvres, et que tout doit y conduire. Bref, il est important de rester dans la *discretio* bénédictine, laquelle d'ailleurs fait partie de la sagesse traditionnelle : "*in medio stat virtus*".

La valeur du travail manuel n'est pas remise en cause, bien au contraire, mais, afin de donner au corps le repos nécessaire, on n'avait pas peur de ménager la possibilité de se reposer au milieu de la journée, de faire la méridienne (la sieste), comme c'était prévu par la Règle à la période des grands travaux en plein été pour compenser les nuits raccourcies par les longues journées solaires. Les "Heures" de la prière n'étaient, en effet, pas à la même heure solaire selon les saisons. D'après les us, il existait dans chaque monastère un *horologium* qui, doté d'un timbre, sonnait les heures. Le sacristain en avait la responsabilité. (EO. CXIV, 1-2).

Un **escalier central**, souvent situé à côté du passage, était prévu pour accéder au dortoir sans passer par l'église. Il est aujourd'hui caché à Fontenay dans un recoin du chauffoir, à cause des modifications que connurent les salles, après l'incendie qui ravagea le dortoir vers 1450. Mais à l'origine, il pouvait se trouver à l'emplacement actuel du passage, dont les voûtes ont toutes été refaites en sous-œuvre. Il est facile d'imaginer là un escalier droit au départ, puis pénétrant dans le dortoir comme à Senanque ou au Thoronet. En effet, le mur oriental du bâtiment a été profondément remanié, et en particulier la porte d'accès actuel au jardin. Les parements des montants de la porte l'indiquent clairement. Une autre hypothèse serait un escalier dont le départ se trouverait dans le coin extrême de la galerie du chapitre, pénétrant dans la salle des moines avec un coude vers le Sud au niveau de la première travée de celle-ci ; dès lors l'escalier actuel, fait plus récemment dans le chauffoir, aurait été réalisé parallèlement à celui qui existait primitivement.

Le cloître | 105

Clocheton à l'extrémité de l'aile du dortoir

Le **dortoir** était à l'origine une grande salle qui couvrait l'ensemble de l'étage du bâtiment des moines.
Selon les dispositions contenues dans la Règle de saint Benoît : "*Chacun aura son lit à part. Une literie conforme à leur genre de vie sera mise à leur usage, comme en disposera l'abbé. Si possible, il n'y aura qu'un seul dortoir ; mais le grand nombre des frères peut obliger à les grouper par dix ou vingt reposant sous le contrôle des anciens. Dans ce même logis, une lampe doit brûler sans interruption jusqu'au matin. Les frères dorment vêtus, ceints d'une courroie ou d'une corde, – mais sans garder au flanc leur couteau, qui risquerait de les blesser dans l'abandon du sommeil, – et ils seront ainsi toujours prêts, si bien qu'au signal du réveil, se levant sans retard, ils rivalisent d'empressement pour se rendre à l'œuvre de Dieu, en toute gravité cependant et sans manquer à la modestie. Les lits des jeunes frères ne seront point rapprochés les uns des autres, mais répartis parmi ceux des anciens ; ainsi, au moment du réveil pour l'œuvre de Dieu, les uns encourageront discrètement les autres à se lever, ne laissant point d'excuse à ceux qui ont le sommeil lourd*" (RB. XXII). Ce passage de la Règle est très suggestif. Au départ, les cisterciens s'y conformèrent à la lettre.
D'après les us monastiques, on sait qu'il était dans les attributions du sacristain de sonner la cloche, de régler l'*horologium* et de nettoyer la mèche des lampes du dortoir et de l'église (E.O. CXIV, 1-3).
À Fontenay, une corde descendait donc

depuis le clocheton établi sur le pignon du transept sud de l'église, à la jonction de celui-ci avec le toit du dortoir, pour permettre au sonneur de faire son office. Il fallait être prêt dans l'église avant la fin de la sonnerie des quatre cents coups – d'où l'expression populaire bien connue ! Aussi l'escalier de nuit, à l'extrémité nord du bâtiment, permettait-il de se rendre directement dans l'église.

À l'autre extrémité se trouvaient les latrines, qui ne sont plus visibles aujourd'hui. Elles étaient construites au-dessus d'une canalisation d'eau, en revanche encore visible.

Le dortoir a connu, en effet, des modifications importantes après l'incendie qui le ravagea au cours de la guerre qui opposait Français et Anglais, aux côtés desquels s'étaient rangés les Bourguignons. C'est donc l'abbé Jean Frouard de Courcelles (1459-1492) qui en entreprit la reconstruction, comme l'évoque son éloge funèbre : *"L'an de grâce 1492, 26 du mois d'août, frère Jean de Courcelles, abbé de Notre-Dame de Fontenay, en son vivant, était aimé des plus grands seigneurs de France et de Bourgogne et généralement de tout le monde. Il a mis en bon état et réparation les étangs et moulins de la dite église, et après il a mis sus le dortoir qui avait été brûlé, et après il édifia les belles chambres de l'abbé, et plusieurs autres grands édifices qu'il serait trop long de raconter"* (manuscrit de Chatillon cité par Corbolin). Nous regrettons que ce texte ne soit pas plus explicite sur l'œuvre monumentale

de Jean Frouard, qui fut établi comme abbé en 1459 par l'abbé général de Cîteaux, Humbert, et par le Chapitre général, aux dépens de Jean de Baigneux qui intriguait pour avoir ce titre. Son sens politique lui permit de faire face aux guerres extérieures et aux conflits internes de la communauté en ramenant la paix dans l'abbaye et en obtenant de Charles VIII sa protection en 1482, ainsi que le paiement des créances que les débiteurs devaient au monastère, sous peine d'être poursuivis par la justice royale. Par ailleurs, il modifia avec habileté la gestion des biens du monastère en amodiant les terres des fermiers qui ne pouvaient plus ou ne voulaient plus les cultiver. Grâce à ces ressources, il put faire face aux dépenses des constructions évoquées ci-dessus.

Le dortoir se présente aujourd'hui comme une vaste salle avec une très belle charpente en chêne qui évoque la coque d'un navire renversé. Les murs portent encore

Vues intérieures du dortoir après restauration

les traces des ouvertures primitives, qu'il serait néanmoins difficile de rétablir sans une minutieuse étude préalable, en raison des multiples repentirs inscrits dans les murs. On peut regretter toutes ces modifications du XVe siècle, mais elles manifestent la présence d'une communauté vivante qui saisit l'occasion des destructions pour adapter les lieux à ses besoins nouveaux : la surélévation du sol, les fenêtres obturées (notamment les cinq du pignon sud, bien visibles de l'extérieur), remplacées par trois fenêtres étagées, et l'ouverture de quinze fenêtres rectangulaires en remplacement des fenêtres cintrées plus nombreuses à l'origine, ce qui modifie complètement l'aspect extérieur du mur oriental. À cela s'ajoutent les pièces construites à l'intérieur, comme c'était la coutume à partir du XVe siècle (les cellules remplacent les dortoirs dans les abbayes), qui ont été utilisées jusqu'à la restauration des années 1908-1911.

M. René Aynard, dans ses *Notes,* évoque tout ce qu'il a fait et aurait aimé faire pour la remise en valeur de cette pièce. Ce qui a été réalisé après lui nous permet aujourd'hui de jouir d'une très belle salle, dans laquelle la charpente impressionne.

Puis vient **la salle des moines,** qui se présente à nous aujourd'hui comme une vaste salle à deux nefs d'une trentaine de mètres de long, avec une série de cinq grosses colonnes très sobres, au centre, rondes ou octogonales. Celles-ci reçoivent les retombées des douze voûtes, qui sont du même type que celles qui couvrent la salle du chapitre. Elles retombent au niveau des murs sur des culots assez massifs, qui représentent néanmoins, techniquement, un progrès par rapport aux retombées de la salle du chapitre. Les clefs des voûtes sont décorées d'un très petit motif floral. Alors que les arcs doubleaux qui séparent chaque voûte sont ici carrés, les nervures de pierre de chaque voûte sont composées de gros boudins donnant à l'ensemble une impression de puissance. Les proportions sont telles que l'on n'a pas le sentiment d'être écrasé par la hauteur sous voûte assez faible. Cette salle devait être à l'origine beaucoup moins lumineuse en raison de la modification de toutes les ouvertures, nettement visible de l'extérieur. Comme pour l'ensemble des fenêtres de l'aile des moines, nous n'avons plus les ébrasements que l'on trouve

Le cloître

Salle des moines vue vers le Sud-Est

habituellement aux fenêtres médiévales existant par ailleurs dans l'abbaye. Peut-être est-ce à l'occasion de la reconstruction du dortoir que ces modifications ont été opérées. Ce qui est certain, c'est qu'une fois de plus, toutes ces modifications manifestent le remaniement complet de la façade orientale du bâtiment des moines. Sans doute en était-il de même à l'intérieur. Les cinq colonnes centrales de la pièce ne sont pas toutes de même forme ronde. Y avait-il des cloisons séparant divers ateliers dans cette pièce ? Nous n'avons aucun élément pour le dire.

À cela s'ajoutent aussi les restaurations plus récentes dues à l'occupation de l'abbaye par la papeterie.

Que faisait-on dans cette salle ? Elle servait certainement à des usages multiples pour des travaux d'intérieur. Mais, il faut l'avouer, nous sommes assez mal renseignés à ce sujet.

Recherches archéologiques en marge de la salle des moines

Les recherches archéologiques ont incité M. René Aynard à modifier le plan proposé précédemment par Lucien Bégule, en adjoignant sur la moitié orientale du bâtiment une nef supplémentaire à trois travées, comme pour faire le pendant aux trois travées disparues de la salle du chapitre. Pierre Bourgeois, dans une étude qui vient de paraître, pense que c'était un bâtiment perpendiculaire à la salle qui démarrait là. Ce bâtiment serait l'emplacement de grandes latrines occupant la galerie méridionale d'un petit cloître dont la galerie orientale aurait été formée par la grande infirmerie médiévale. En l'absence de fouilles réalisées, il faut rester prudent. L'hypothèse de latrines repose sur le fait que le grand collecteur des eaux passe en cet endroit sous la salle des moines.

Un projet avait été établi en 1764 par l'architecte Jean-Baptiste Carré de construire "*au bout du dortoir, côté du midy, un batiment pour servir de logement au jardinier, et ce dessus de bibliothèque, ce batiment aura vingt-sept pieds de longueur et dix-sept pieds de largeur, sera construit en bonne maçonnerie, les fondations seront fouillées de trois pieds de profondeur, les murs auront deux pieds d'épaisseur, il sera pratiqué dans le bas un vestibule ou passage pour conduire du potager au parterre auquel il y aura deux portes qui seront montées en pierre de taille de six pieds d'hauteur, et deux pieds huit pouces de largeur. À côté du vestibule et en dedans il sera pratiqué un escalier en bois pour monter à la bibliothèque, a coté d'icelui sera construit une chambre à l'usage du jardinier dont la porte aura son aspect au levant qui sera de même dimention que celle cy devant, du côté du parterre. Il sera pratiqué une fenêtre de trois pieds de hauteur et de dix-huit pouces de largeur. Il y aura un barreau de fer dans le milieu*" (ACd'O. 15 H 29). Ces lignes font suite aux recommandations données pour la réfection de l'ancien réfectoire, qui n'a pas été entreprise puisque celui-ci fut détruit. On peut donc se demander si les moines ont réalisé cet appendice à l'extrémité méridionale du bâtiment des moines.

110   Le cloître

Têtes de cheminées du chauffoir (XIIe siècle)

En bas : vue intérieure du chauffoir

Dans cette salle des moines, il est vraisemblable que, parmi les travaux d'intérieur, on pratiquait la copie des manuscrits. Même si toutes les abbayes n'étaient pas pourvues d'un scriptorium important, il semble peu probable qu'aucun travail d'écriture n'ait été réalisé dans chaque abbaye.

L'analyse des manuscrits du XIIe siècle ayant appartenu à la bibliothèque de Fontenay aujourd'hui dispersée de par les aléas de l'histoire, sur lesquels nous reviendrons, manifeste une telle diversité de style et, pour certains d'entre eux, une telle similitude avec ceux produits par le scriptorium de l'abbaye-mère de Clairvaux, que l'on est en droit de penser qu'ils ont pu y être réalisés, de même que d'autres l'ont été dans d'autres abbayes. Y aurait-il eu une progressive spécialisation des tâches et des échanges entre abbayes ? Cette hypothèse mériterait d'être creusée. Mais l'étude des lettres ornées des bibliothèques cisterciennes est encore trop récente pour pouvoir fonder une telle hypothèse.

Jouxtant cette salle, **le chauffoir**, avec la cuisine située à l'autre extrémité de la galerie méridionale, était la seule pièce chauffée du monastère. La présence du feu n'était pas là simplement pour un peu de confort, mais pour les nécessités d'usage. Ainsi, par exemple, pour la préparation des encres nécessaires à la copie des manuscrits.

Le cloître

*Angle sud-est du cloître
avec les têtes de cheminées du chauffoir*

Dans les *Ecclesiastica officia*, où sont consignés les usages monastiques et les statuts des chapitres généraux, notamment en l'année 1161, on voit que la fabrication des hosties était faite aussi dans le chauffoir, à proximité du cloître : "*Que les hosties et les autres arts se fassent dans le cloître, ou si près du cloître que l'on accoure aux heures régulières*" (IC. IX). C'est au sacristain revêtu de l'aube qu'il revient de faire les hosties. Deux frères l'assisteront en scapulaire, de telle sorte qu'il n'ait pas à toucher de ses mains autre chose que les seules hosties. L'un d'eux fera soigneusement le feu et le second tiendra le fer pour cuire les hosties. On les mettra sur une surface couverte de linges propres et, lorsqu'elles seront cuites, le sacristain fera le tri de celles qui sont réussies et de celles qui ne le sont pas. On conservera les réussies dans un coffret très propre, et si elles prennent l'humidité, le sacristain les fera sécher dans le cloître.

En ce qui concerne la disposition des feux du chauffoir, les hottes des cheminées sont modernes, mais de l'extérieur, dans le cloître, nous voyons qu'il existait bien

La préparation des encres selon le moine Théophile

"*Pour faire l'encre, coupez des bois d'épine en avril ou en mai, avant qu'ils ne produisent des fleurs ou des feuilles ; et les rassemblant en faisceaux, laissez reposer à l'ombre pendant deux, trois, ou quatre semaines, jusqu'à ce qu'ils soient un peu secs. Ayez de petits marteaux de bois, avec lesquels vous écraserez les épines sur un autre bois dur, jusqu'à ce que vous ayez enlevé entièrement l'écorce. Vous la mettrez aussitôt dans un tonneau rempli d'eau ; et quand vous aurez rempli d'eau et d'écorce deux, trois ou quatre ou cinq tonneaux, laissez séjourner ainsi pendant huit jours jusqu'à ce que l'eau se soit emparée de tout le suc de l'écorce. Ensuite, mettez cette eau dans une marmite très propre ou dans un chaudron, mettez du feu dessous, faites cuire ; de temps en temps jetez aussi de l'écorce dans la marmite, afin que, s'il est resté quelque peu de suc, il en sorte par la cuisson. Quand vous aurez cuit celle-là, ôtez-la et mettez-en d'autre. Cela terminé, faites cuire l'eau qui reste jusqu'à réduction du tiers, puis passez de la première marmite dans une moindre, et faites cuire jusqu'à ce que cela noircisse et commence à devenir épais ; prenant bien garde de ne point ajouter d'autre eau que celle qui est mêlée de suc. Quand vous la verrez épaissir, ajoutez un tiers de vin pur, en mettant dans deux ou trois vases neufs, faites cuire jusqu'à ce que vous voyiez une épaisse peau se former sur la surface. Alors, enlevant les vases du feu, placez au soleil jusqu'à ce que l'encre se purifie de la lie rouge. Prenez de petits sacs de parchemin cousus avec soin et des vessies ; versez-y l'encre pure et suspendez au soleil pour qu'elle sèche entièrement. Après cette opération, prenez-en quand vous voudrez, faites détremper dans du vin sur des charbons ; et, ajoutant un peu de noir, écrivez. S'il arrive, par suite de négligence, que l'encre ne soit pas assez noire, prenez du noir la grosseur d'un doigt ; puis mettant du feu, laissez chauffer, et jetez aussitôt dans l'encre.*" (Traité des Arts, L. I, 45). Cette recette, qui ne dépare en rien celles que nous avons déjà lues dans le même traité, évoque la présence nécessaire de deux feux et la proximité de l'extérieur, c'est-à-dire de l'exposition au soleil.

Régny. Réfectoire, vue extérieure avec les fenêtres modifiées après coup

À droite : Fontenay. Restes du réfectoire du XIIIᵉ siècle. Au second plan, la forge

deux conduits, puisque l'on a deux têtes de cheminée d'origine, parfaitement conservées. De plus, M. René Aynard dans ses *Notes sur la restauration* est formel : *"Bégule a voulu absolument qu'il existât deux chauffoirs, s'appuyant uniquement sur l'existence de deux cheminées. Je n'ai vu cette disposition dans aucun plan d'abbaye cistercienne. Il y a toujours un unique chauffoir à deux cheminées. Bégule a voulu établir le plan avec deux chauffoirs, malgré mon avis contraire que je tiens pour sûrement exact, puisque la réfection que j'ai faite des cheminées, je les ai trouvées toutes deux intactes quoiqu'en mauvais état, dans la salle du chauffoir que Bégule appelle "Petit chauffoir". Ces cheminées étaient murées, une porte était percée dans chacune d'elles."* Et dans le dessin d'essai de reconstitution qu'il donne, il fait une unique hotte pour les deux feux. Or, la reconstitution réalisée des deux hottes est manifestement malhabile par manque de profondeur de chacun des feux. Elle suppose en outre que derrière les briques placées en fond, il y avait une autre pièce, un bûcher. Pour l'aspect purement pratique, qui ne saurait faire défaut aux cisterciens, il faudrait un accès facile pour l'apport du bois, ce qui semble manquer. Tardivement, on a réalisé une grande porte dans le chauffoir pour avoir accès à la petite cour par laquelle il aurait fallu transiter. Un certain nombre d'abbayes étaient, non pas pourvues de deux chauffoirs, comme le supposait Lucien Bégule, mais d'un seul avec une grande hotte centrale et un accès au feu de part et d'autre. Il existe d'ailleurs dans le cloître un second accès à cette unique pièce, pourvu d'un linteau orné d'un arc trilobé, c'est-à-dire postérieur à la disposition primitive. Cette disposition ici semblerait plus satisfaisante pour l'espace dont on dispose. C'est la présence des voûtes qui est trompeuse. D'ailleurs, comme nous l'avons dit, dans un dessin de reconstitution, René Aynard, s'appuyant avec justesse sur les pierres disposées en départ d'arc, envisage la disposition d'une grande voûte en berceau brisé. Les travaux les plus récents de Pierre Bourgeois confirment la compréhension que nous avons de la disposition de cette hotte unique de cheminée avec les deux sorties anciennes en pierre qui subsistent.

Attenant à cette pièce, le **réfectoire** du XIIᵉ siècle était plus certainement le long de la galerie du cloître, tourné vers l'orient, que perpendiculaire à celui-ci. On y pénétrait par la porte qui subsiste face au lavabo et qui a été remaniée au moment de la destruction du réfectoire pour en réaliser un autre plus vaste au XIIIᵉ siècle, comptant, selon les recherches archéologiques de René Aynard, cinq travées. On peut en avoir une bonne idée à travers celui de l'abbaye cistercienne de Reigny dans l'Yonne ; car le réfectoire du XIIIᵉ siècle à Fontenay a été détruit au XVIIIᵉ siècle en raison de son mauvais état. Il n'en reste à

l'heure actuelle qu'un pan de mur pourvu de deux fenêtres sur deux étages. Plusieurs visites successives avaient signalé son état. Dans le cahier de visite de dom Clugny, abbé de Trois-Fontaines, en 1745, on peut lire que "*l'ancien réfectoire menace d'une ruine prochaine si l'on n'y remédie, ce qui nous a paru pratique, par la démolition sans laquelle il y aurait une perte considérable de matériaux*" (ACd'O. 15 H 15). On en a déduit, après Bégule, que ce réfectoire avait alors été détruit. Or, quelques années plus tard, en 1764, dans un des devis établis par Jean-Baptiste Carré, on lit que "*les murs de l'ancien réfectoire sont dégradés en dehors, il convient de les rempieter et rejointoyer, poser des pierres de tailles ou il en manque, il y a deux cent toises a trente sols la toise fait trois cent livres, dans l'intérieur il y a plusieurs brèches et lezards dans la voute, il convient rétablir et emmortailler, estimé pour le dedans quarante huit livres, la couverture a besoin d'être refaite a neuf et couvrir, il y a cent cinquante une toise a trois livres la toise fait quatre cent cinquante trois livres et pour tout cet article huit cent une livres cy*" (ACd'O. 15 H 29). Il semble qu'il faille en déduire que le réfectoire ne fut détruit qu'après cette date-là. Par conséquent, ses voûtes n'ont pu servir, à l'époque des moines, de remblai pour surhausser le sol de l'église. Peut-être les papetiers en ont-ils fait usage pour la mise à niveau de certaines parties de l'église, transformée en entrepôt.

Comment se déroulaient les repas ? Ils faisaient l'objet d'un cérémonial liturgique, comme les réunions qui se tenaient dans la salle du chapitre. Ainsi donc cet acte, que la nature imposait, prenait une dimension sacrée par la reconnaissance des biens reçus de Dieu. Dans les *Ecclesiastica officia* (LXXVI), il est précisé qu'après l'office liturgique, les frères s'asseyaient dans le cloître en attendant que la cloche donne le signal de passer au lavabo pour se laver les mains. Ensuite, ils entraient dans le réfectoire, dont les tables étaient placées en U de sorte que personne n'ait de vis-à-vis. Chacun se mettait devant sa place où se trouvaient bol, couvert et assiette, ainsi que le pain, parfois les fruits et légumes et le supplément prévu à la ration commune si l'on était affaibli par la maladie ou une saignée (celle-ci était pratiquée quatre fois par an en dehors des périodes de jeûnes ou de gros travaux). Tous attendaient l'arrivée du prieur, qui donnait le signal du benedicite à l'aide de la cloche de table (*campana*). Cette prière consistait à réciter le psaume 50 (*miserere*), le *kyrie eleison* et le *pater*, puis la bénédiction avec le signe de croix. Les frères se mettaient ensuite à table et le lecteur depuis la chaire faisait la lecture, tandis que les servants de semaine apportaient la nourriture commune. Le prieur, en découvrant son assiette où se trouvait sa part de pain, donnait à tous le signal de commencer. Personne n'était, dès lors autorisé à quitter le réfectoire, sauf nécessité de service ou cas de force majeure (un malaise de santé), et ce tant que les grâces n'avaient pas été rendues. Le repas se prenait en silence et nul ne réclamait pour lui-même ce qui lui manquait. Les voisins avaient ce devoir de vigilance. Personne ne pouvait donner à un autre de la nourriture commune, mais on pouvait partager avec ses voisins un surplus, à moins qu'il ne s'agisse d'un surplus donné pour raison de santé.

La règle spirituelle donnée pour la réfection est rappelée par Aelred de Rievaulx dans son *Traité sur la vie de recluse*, au milieu du XIIe siècle : "*On s'en tiendra au nécessaire, de manière à calmer la faim sans satisfaire complètement l'appétit*". Les us autorisaient quand même l'usage du "*sel que chacun pourra à sa place prendre avec son couteau*", mais ils sont peu explicites quant aux aliments composant les repas. La viande était toutefois bannie, hormis pour les vieillards et les malades. Par Guillaume de Saint-Thierry nous savons que : "*Du pain de son, de l'eau pure, des choux ou des légumes ordinaires ne sont pas des mets délectables, mais lorsqu'on aime le Christ et qu'on désire la joie intérieure, c'est grande délectation de pouvoir, à si peu de frais, contenter un estomac bien dressé. Que de pauvres, par milliers, satisfont les besoins de leur nature avec l'un ou l'autre de ces mets !*" (Lettre aux frères du Mont-Dieu, 23). Vivre comme les pauvres de leur époque, tel était un des éléments essentiels de la spiritualité cistercienne, aussi bien dans la nourriture que dans le vêtement.

Les moines cherchaient à mettre en pratique l'idéal des Pères du désert et ne s'accordaient donc le soir qu'une réfection légère. Le nom "collation", qui pour nous désigne un repas léger, vient de la lecture des *Collationes* de Jean Cassien, un auteur du Ve siècle, dont les moines écoutaient la lecture avant Complies et qui se fait l'écho de ces pratiques anciennes : "*Il faut toujours *avoir faim en sortant de table, c'est là le moyen de conserver constamment l'âme et le corps dans un même état, en ne l'abattant jamais par l'épuisement des jeûnes, et en ne l'appesantissant pas non plus par l'excès du manger*" (II, 22). Saint Benoît donnait le nom de "*discretio*" à cette recherche d'un juste équilibre en toutes choses.

La **cuisine,** aujourd'hui disparue, était dans le prolongement du réfectoire du XIIe siècle, mitoyenne avec celui des convers. Elle pouvait ainsi desservir en même temps les deux réfectoires. Dans les us des convers (XV), il est en effet écrit : "*Les frères qui habitent le monastère auront la même quantité de nourriture que les moines et ils mangeront au même moment. Si l'abbé estime opportun que certains prennent un mixte (déjeuner frugal du matin), ils le prennent. La quantité du mixte est celle-ci : une demi-livre de pain ordinaire ou davantage de gros pain, et de l'eau.*"

La cuisine a subi le même sort que le bâtiment des convers, construit le long de l'aile occidentale du cloître avec probablement une "ruelle des convers" qui l'isolait de celui-ci. À son rez-de-chaussée, se trouvait aussi une réserve-cellier, et à l'étage un dortoir. Car, parmi les convers, dont nous reparlerons, un groupe résidait à l'abbaye pour les besoins quotidiens de celle-ci et le fonctionnement des ateliers. Les autres revenaient de temps en temps, en principe tous les dimanches pour les habitants des granges les plus proches, et seulement aux grandes fêtes pour les plus éloignés.

Face à la porte du réfectoire, il y avait dans le jardin intérieur du cloître un **lavabo** couvert. De ce dernier, il ne reste que quelques traces visibles au niveau des contreforts de la galerie. Y reposaient les arcs formerets des voûtes.

Les fondations en ont été découvertes au cours de fouilles faites à l'époque de Lucien Bégule ou peu avant. Celui-ci fait remarquer que la pierre correspondant à l'emplacement du lavabo dans la galerie est bouchardée et non layée : "*preuve manifeste d'une réfection*", dit-il, à moins qu'il ne s'agisse d'un enduit apposé à l'intérieur du lavabo. Viollet-le-Duc en a dessiné une reconstitution. Celle-ci peut donner le sentiment que c'était un vaste espace, ayant en son centre un large bassin peu profond muni de trous pour laisser l'eau s'écouler jusque dans un bassin plus profond et large situé au niveau du sol. Peut-être s'est-il laissé inspirer dans sa reconstitution par la vasque qui subsiste à l'heure actuelle à Pontigny. C'est la vasque supérieure d'un tel bassin. Elle fait 3 m 40 de diamètre et 0 m 31 de profondeur. Ce bassin bombé permettait l'évacuation de l'eau par les trente-et-un orifices placés sur tout le périmètre. La lèvre extérieure est décorée d'un tore entre deux cavets et une grande moulure concave court autour de la base. À Fontenay, l'eau venait de la source qui alimente le ru Saint-Bernard, par une canalisation passant sous l'église et traversant le cloître. Beau symbole de continuité que cette eau qui avait abreuvé l'ermite Martin et s'offrait encore à ses successeurs cisterciens pour étancher leur soif et purifier leurs mains au retour du travail avant de passer à table.

En dehors des moments prévus pour les repas, nul n'était autorisé à entrer au réfectoire, sauf le cellérier ou l'infirmier pour nécessité de service. En effet, il ne fallait pas troubler le second service de repas qui suivait pour les serviteurs. Après none et après vêpres, un temps était prévu pour se rendre de l'église au réfectoire en procession deux par deux, dans l'ordre où les moines se tiennent au chœur en commençant par les plus jeunes, afin d'y boire. Comme pour les repas, on récitait un *benedicite* et, celui-ci dit, on ne pouvait plus entrer. L'absence ou le retard était considéré comme une faute dont il fallait "faire satisfaction" au chapitre.

C'est aussi dans le cloître que s'opéraient la rasure et le *mandatum*.

La rasure devait être faite dans la semaine qui précède la Nativité du Seigneur (25 décembre), le Carême, Pâques, la Pentecôte (fêtes mobiles à quarante ou cinquante jours d'intervalle), la fête de Marie-Madeleine (22 juillet), la nativité de Marie (8 septembre), la Toussaint (1er novembre) ; soit environ tous les mois et demi.

Quant au *mandatum*, il y avait le Jeudi

Saint celui des pauvres et chaque semaine celui des frères, lorsque l'hebdomadier de cuisine entrait en fonction. L'acte, qui prend une valeur liturgique, est parfaitement codifié dans les us monastiques. Le samedi, le plus ancien de ceux qui entrent en semaine de cuisine lave les pieds de l'abbé, et le plus jeune les essuie. Ainsi font-ils le tour des frères en partant vers la gauche, tandis que le plus jeune de ceux qui achèvent leur semaine lave les pieds et que le plus ancien les essuie, en partant vers la droite. Le Jeudi Saint, il était prescrit que le portier ou quelqu'un d'autre, désigné par l'abbé, choisisse autant de pauvres qu'il y a de moines dans le monastère. Ils étaient alors conduits après none dans le cloître par les "frères laïcs" désignés par le cellérier. On les faisait asseoir sur les bancs de la galerie de la collation à partir de la porte de liaison entre le cloître et l'église. Des convers apportaient l'eau chaude, les linges et serviettes préparés par

Le cloître

Pontigny. La vasque du lavabo (XIIe siècle)

eux sur l'ordre du cellérier, qui fournissait les bassins. Après avoir lavé, essuyé et baisé les pieds des pauvres, les moines se lavaient les mains et donnaient à genoux un denier d'argent à chaque pauvre en lui baisant les mains. Ils devaient retourner au travail, s'il restait du temps, tandis que les pauvres étaient reconduits à l'hôtellerie, où l'abbé leur lavait les mains et où ils se restauraient. Pour la communauté, le rituel est semblable à celui du samedi. Toutefois, l'abbé lavait lui-même les pieds de douze religieux (quatre moines, quatre novices, quatre frères laïcs), assisté de deux aides dont le plus ancien lui lavait à son tour les pieds, le plus jeune les lui essuyant et les baisant.

Y a-t-il geste plus significatif que le *mandatum* exécuté à l'exemple du Christ "*par respect pour le commandement du Seigneur*" pour exprimer ce qu'est le "cloître" : une école de charité, une *schola Christi* ? En définissant "*les outils des bonnes œuvres*" (RB. IV), saint Benoît dit que c'est avant tout, "*aimer le Seigneur Dieu de tout son cœur, de toute son âme, de toutes ses forces ; ensuite, le prochain comme soi-même.*" Puis, il détaille, en citant de multiples passages de l'Écriture, pour dire en quoi, concrètement cela consiste, et il conclut : "*Quant à l'atelier où nous apportons tous nos soins à œuvrer de la sorte, c'est le cloître même du monastère où nous avons fixé notre stabilité.*"

C'est aussi dans cet esprit d'attention charitable pour les infirmes et malades que l'on établit une **infirmerie**, dès le XIIe siècle, à l'écart du cloître, dans le jardin dit "des simples", jardin où l'on cultivait les plantes médicinales. En sortant du cloître par le passage qui mène dans ce jardin, on aperçoit l'infirmerie, reconstruite par un des abbés commendataires. Le fut-elle sur le même emplacement que celle du XIIe siècle ? Il serait nécessaire de faire des fouilles pour le savoir. Pierre Bourgeois pense qu'elle devait être plutôt, à l'origine, perpendiculaire à celle du XVIIe siècle, le long de la galerie orientale d'un petit cloître, aujourd'hui disparu, auquel on aurait eu accès par le passage emprunté.

5
Les bâtiments annexes
Mémoire d'un passé troublé

L'infirmerie

"*Le soin des malades passe avant tout : de toutes les tâches, c'est la plus urgente*, dit saint Benoît. *Qu'on se dévoue à leur service comme on le ferait pour le Christ en personne. On destinera à ces frères malades un logis spécialement approprié, avec un infirmier qui craigne Dieu, qui soit diligent et soigneux*" (RB. XXXVI).

Située à l'écart des bâtiments communautaires proprement dits, pour éviter les inconvénients liés à la contagion, l'infirmerie du XIIe siècle, nous l'avons dit, a aujourd'hui complètement disparu. C'était certainement un beau bâtiment, beaucoup plus imposant que celui que nous voyons de nos jours, reconstruit au XVIIe siècle. Il jouissait d'une certaine autonomie et possédait une cuisine propre, comme un des actes de donation du cartulaire nous le confirme, puisque cet acte est passé "*juxta coquinam infirmorum*". Toutefois, le recueil des us n'en fait pas mention, puisqu'il donne à l'infirmier l'autorisation d'entrer dans la cuisine et dans le réfectoire communs pour le service des malades. Il devait, en effet, apporter à l'infirmerie la coupe, le flacon qui sert de mesure pour la boisson (le "juste") et la literie du malade dont il recevait la charge, sur décision de l'abbé (EO. CXVI, 2). Ne furent considérés comme malades que ceux des moines qui,

L'infirmerie du XVIIᵉ siècle

Charles Ferrières de Sauvebœuf

N'étant âgé que de 13 ans au début de son abbatiat, c'est son père qui administra les différentes abbayes qu'il avait en commende. Il fut très dur pour les religieux, et sans l'intervention du bailli de Langres, auquel les religieux firent connaître leurs réclamations, il faisait diminuer d'un tiers leur nourriture. Disposant à son gré des revenus de l'abbaye, il négligea les bâtiments, qui pourtant exigeaient des réparations urgentes. Pour ne pas avoir à les assumer, malgré l'opposition des moines, il fit raser et détruire ces bâtiments, en particulier la grande infirmerie où il y avait une chapelle des morts et, paraît-il, la plus belle salle de Bourgogne. On procéda donc à la construction d'une nouvelle infirmerie en l'adaptant au nombre potentiel de malades, puisque, en tant qu'abbé-père, l'abbé de Clairvaux, Claude Largentier, avait réduit au début du XVIIᵉ siècle à vingt-deux le nombre maximum des religieux – la baisse des revenus de l'abbaye et la demande de l'abbé, Louis Bauffremont de la Valette, en avaient été la cause. Un escalier Louis XIII, avec sa très belle rampe en fer forgé, pour desservir les quatre pièces de l'étage y subsiste aujourd'hui.

n'étant pas rétablis après un ou deux jours sans qu'on eut encore décelé leur maladie, avaient besoin d'un régime particulier. Les mets étaient apprêtés pour eux avec beaucoup de soin, car les actes au service des malades étaient un des signes habituels de la charité monastique, et l'abbé était considéré, selon la Règle, comme le premier responsable des manquements à leur égard. Pour eux on ne manquait donc d'aucun égard, tout en maintenant les exigences du silence et les obligations de l'Office. L'infirmier et les malades ne pouvaient s'entretenir ensemble que du nécessaire, et les malades ne devaient pas parler entre eux, même au cours du repas. L'infirmier recevait du sacristain les chandelles nécessaires pour l'infirmerie.

C'est sous l'administration de Charles Ferrières de Sauvebœuf (1613-1677) que le bâtiment des origines a été détruit, comme bien d'autres dans l'abbaye qui avaient souffert d'un manque d'entretien au cours des guerres de 1589-1597.

Une nouvelle infirmerie fut construite à la place de l'ancien bâtiment qui, pour des raisons sanitaires, avait été placé le long d'un canal de dérivation de l'eau du ru venant de Touillon et se rendant ensuite au bâtiment dit de "La Forge".

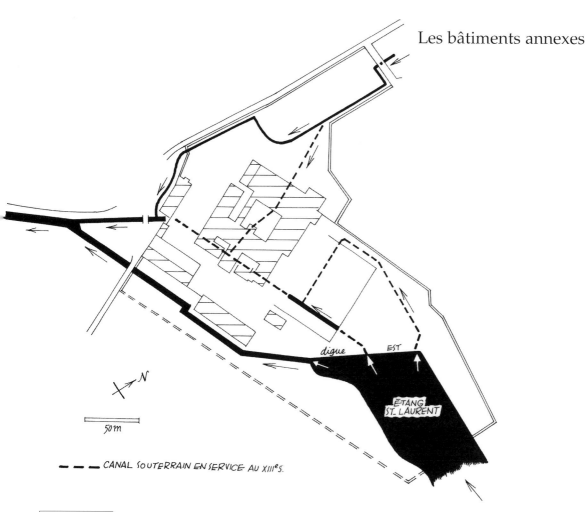

— — — CANAL SOUTERRAIN EN SERVICE AU XIII°S.

Le bâtiment appelé "la Forge"

Le bâtiment actuel résulte, selon des études archéologiques très pointues réalisées récemment, en particulier par Denis Cailleaux, de deux édifices du XIIe siècle réunis au début du XIIIe siècle.

À l'orient, se trouvait, un moulin sensiblement carré (10 m 80 x 10 m 40) avec quatre travées en deux nefs reposant sur un pilier central, ainsi que, dans la partie occidentale, deux pièces composées d'une salle de travail et d'une salle de fourneaux. Au tout début du XIIIe siècle, on relia les deux édifices par une salle ayant 15 m de long et 10 m 60 de large, qui devait servir d'ateliers. Afin de donner une certaine unité à l'ensemble, la façade nord regardant vers l'abbaye fut reprise de façon très heureuse. C'est donc seulement l'état intérieur du bâtiment qui révèle ses usages multiples et son histoire séculaire.

À dire vrai, un œil attentif pourra remarquer des traces externes au bâtiment qui témoignent des constructions réalisées à l'époque des papetiers, au XIXe siècle, puis détruits par René Aynard au moment de la remise en état et des restaurations du début du XXe siècle. Les façades septentrionales et occidentales ont été parfaitement refaites, avec leurs contreforts à ressauts et leurs ouvertures qui rythment la façade et lui donnent sa belle unité. Il n'en est pas de même des côtés oriental et méridional. Le pignon est n'a plus que le contrefort de l'angle nord-est. Étant partiellement enterré par la digue de l'abbaye, au Sud-est l'angle est formé d'un chaînage de pierres. Une porte a été percée dans la partie gauche du pignon pour avoir accès, par un escalier extérieur en pierre, à l'étage où se trouve une vaste salle couvrant les deux premières salles du rez-de-chaussée.

Les bâtiments annexes

"La Forge"

Ci-contre : la façade ouest
Ci-dessous : la façade est

Page de droite :
En haut, à gauche :
le canal à deux étages
le long de la façade
méridionale
En haut, à droite :
la façade nord
En bas : vue intérieure
dans son état actuel

La disposition en hauteur de la salle des cheminées interrompt cet étage, tandis qu'une autre pièce couvre la salle occidentale. Sur la façade orientale, des baies trilobées et un oculus apportent de la lumière respectivement à la pièce et au comble.

La façade sud est percée de plusieurs ouvertures extrêmement diversifiées, selon les nécessités évoquées à l'intérieur. Les contreforts ont été partiellement ou totalement détruits. Il en subsiste sept non homogènes. Dans le bas coule le canal qui, sur sa partie orientale, s'étage sur deux niveaux, suite à un aménagement du XIXe siècle. Au moyen âge, il n'y avait que le canal inférieur avec une salle aujourd'hui souterraine, alimentée à la fois par une prise d'eau latérale venant de la fausse rivière et par un conduit que recouvre le canal supérieur. Au milieu du bâtiment, ce canal déverse son eau dans le canal inférieur, qui poursuit sa course vers l'Ouest. On a donc voulu, au niveau du moulin, augmenter ainsi les capacités énergétiques. Paul Benoît fait remarquer, dans ses conclusions au colloque sur "les Moines et la métallurgie", qu'à l'époque où se développe la sidérurgie cistercienne apparaissent les premiers textes concernant les martinets, utilisés d'ailleurs par les chartreux. En effet, Ernald de Bonneval, dans la *Vita Bernardi*, en décrit un vers 1135. En raison du potentiel d'énergie apporté par le canal à la forge, il estime que les moines

Les bâtiments annexes | **123**

ont utilisé à Fontenay la force de l'eau pour produire du fer. Aussi imagine-t-il volontiers une complémentarité entre les ateliers forestiers, où s'opérait une sidérurgie itinérante produisant des loupes, et les forges d'abbayes ou de granges où ces loupes étaient épurées ensuite grâce à la force de l'eau par les martinets. Naturellement, ces installations représentaient un investissement coûteux, supposant une véritable organisation industrielle. Les cisterciens auraient donc joué un rôle déterminant dans la diffusion du marteau hydraulique, première étape de la mécanisation de la sidérurgie, et Fontenay a dû pleinement en profiter.

Les bâtiments annexes

Intérieur de la salle centrale

L'architecture intérieure de la Forge

L'architecture de la forge est très complexe. Par exemple, la salle orientale dite "du moulin" est voûtée côté nord par des croisées d'ogives, tandis que les travées sud ont des voûtes où sont combinés les arêtes et un demi-berceau. Les ouvertures ont, également, été modifiées : deux baies en plein cintre surmontant deux arcs surbaissés aveugles au Sud qui, par comparaison avec le même dispositif au moulin de l'abbaye de La Crête, ont fait penser qu'il s'agissait ici aussi d'un moulin ; à l'Est, le mur laisse voir une porte obstruée surmontée d'une fenêtre haute dans la travée de droite, tandis qu'à gauche, une ouverture dans la muraille laisse apparaître une galerie voûtée en berceau, longue d'une quinzaine de mètres. Au sol, en terre battue, quelques dalles de pierre calcaire recouvrent un petit canal qui traverse d'Est en Ouest les deux travées nord du moulin. Dans l'axe du canal, au mur occidental, une porte en plein cintre, haute de 2 m 87, a été percée pour accéder à la salle de jonction des deux bâtiments. Une autre porte plus ancienne et plus basse (1 m 84) reçoit un linteau monolithe posé sur deux piédroits à coussinets en doucine. La salle dans laquelle on accède alors est la plus récente. On le constate aisément à son système de voûtement en croisées d'ogives reposant sur deux piliers colonnes massifs au centre et sur huit culots coniques au niveau des murs. Les piliers reposent sur des bases carrées et reçoivent des chapiteaux très caractéristiques de l'art cistercien avec leurs feuilles stylisées lancéolées, très semblables à ceux que l'on trouve dans la salle des moines. Le mur sud est percé de trois ouvertures cintrées, tandis qu'au Nord, on en a une de part et d'autre de la porte.

On quitte cette salle en franchissant l'une des deux arcades cintrées pour arriver à la salle dite "des cheminées". Elle est caractérisée par la présence de restes des hottes de deux vastes cheminées visibles dans la partie haute de la pièce à 11 m du sol ; elle est presque carrée (10 m 83 x 11 m 03). Y avait-il, comme le laissent supposer les départs d'arcs d'ogives reposant sur des culots de forme tétraédrique, un autre voûtement prévu ? On peut le penser, mais en l'absence de traces d'arrachement, il ne semble pas que ce voûtement ait jamais été réalisé. L'accès à cette pièce se faisait grâce à une porte cintrée ouverte dans la façade nord, à l'Ouest, tandis qu'à l'Est une fenêtre du même type que les autres a été percée.

Quant à la salle qui lui fait suite, et dans laquelle on pénètre par une porte du mur est, elle est de plan carré elle aussi (10 m 24 x 10 m 63). Elle est voûtée sur croisée d'ogives en quatre travées reposant sur une colonne centrale ronde surmontée d'un chapiteau avec des feuilles lancéolées, semblable à ceux que nous avons déjà vus. C'était vraisemblablement une salle de travail. On peut y accéder aujourd'hui par une porte percée dans le mur occidental côté nord. Cette salle avait été aménagée en chapelle domestique entre les deux guerres. C'est aussi ce qui explique que les deux ouvertures d'accès à la salle précédente dans le mur est aient été obstruées, puis l'une des deux rouverte. Aux deux parois occidentale et méridionale dans l'angle sud, on peut remarquer la présence de deux grands arcs surbaissés aujourd'hui aveugles, mais qui, en 1907 avant la restauration, étaient à claire-voie. Les photographies qui ont été conservées en gardent témoignage (cf. Denis Cailleaux).

Les bâtiments annexes

À gauche, le bâtiment Seguin (XIXe siècle), à droite, la chapelle Saint-Paul et l'enfermerie à l'étage

Page de droite : pierre tombale du prieur Jean Petit

L'enfermerie

En sortant de "La Forge", nous nous trouvons face à un bâtiment parallèle, composite, appelé "enfermerie". Il fut rattaché par des constructions plus récentes d'une part au bâtiment des moines et d'autre part au réfectoire aujourd'hui détruit, auxquels il est perpendiculaire.

Dans la partie basse partiellement enfouie dans le sol, et facilement reconnaissable par l'usage de moellons grisâtres, le mur a été par la suite percé d'une porte et de deux fenêtres munies de barreaux en fer. À l'étage, au contraire, le mur plus blanc est percé de deux vastes fenêtres à meneaux. Dans la toiture, on remarque trois lucarnes. Tout semble indiquer des époques différentes de construction.

La vaste salle qui forme la partie basse a été reconnue comme étant l'église primitive du monastère dédiée à saint Paul. Elle servit de support, au XVIe siècle, à la construction de deux salles à l'étage, auxquelles on accède de l'autre côté par un escalier à vis placé dans une tourelle octogonale, dont les jambages sont décorés, de part et d'autre de la porte, de fines sculptures en guirlande, au sein desquelles on trouve d'un côté une tablette et de l'autre un livre. Cette décoration pourrait nous donner la clef du sens du cartouche apposé au-dessus de la fenêtre orientale de l'étage, côté sud. Incrusté de ciments colorés, on lit sur ce cartouche : "*Enfermerie faicte per frère Pierre lerain docteur en théologie*" et dans les coins inférieurs, une date : "*15 47*". Cette inscription, écrite en style gothique, indique la date et l'usage de cette construction tout autant que son promoteur.

La date correspond à la fin de l'abbatiat de Jacques de Jaucourt, décédé en mai 1547. Son successeur, Claude de Longvic cumula les charges et fonctions au point qu'il n'eut sans doute guère le temps de s'occuper de Fontenay. Nous ne serons donc pas étonnés de voir que la construction de cette pièce ne fut pas le fait de l'abbé, ni du prieur Jean Petit décédé en 1545, mais du moine qui, étant docteur en théologie, était, aussitôt après eux, le plus important. Au temps de Jacques de Jaucourt, il ne restait plus que seize moines avec l'abbé, parmi lesquels un seul docteur en théologie, nommé dans la liste des moines aussitôt après le prieur. Ce docteur en théologie porte le nom de Pierre Farcy et non de Pierre *lerain*. Le nom de *lerain* désignerait-il

Les bâtiments annexes | 127

l'origine de frère Pierre ? Un lorrain ? On peut le supposer car *lerain* est écrit en minuscule. Ce n'est donc pas un nom de famille, mais une désignation.

Quel pouvait être l'usage de cette pièce ? Il est permis, compte tenu du petit nombre de moines à ce moment-là et de la subsistance de l'infirmerie médiévale, d'y voir une **salle de bibliothèque** plutôt qu'une nouvelle infirmerie, qui ne pourrait se justifier qu'en cas d'épidémie de peste touchant un nombre important de moines. Rien ne le laisse penser. On peut donc se demander si le mot "enfermerie" sous la plume de ce docteur en théologie ne désignerait pas, contrairement aux usages courants et reconnus, selon l'étymologie, un lieu où l'on tient enfermé des choses précieuses. Cet édifice ne serait alors ni une prison, désignée par ce mot au moyen âge, ni une infirmerie selon les usages linguistiques de l'époque de la Renaissance. Les livres ont toujours été considérés comme très précieux chez les moines. Les cisterciens apposaient un *ex libris* (signe d'appartenance), et parfois, en cas de prêt, ils inscrivaient sur un catalogue où le livre était parti, surtout s'il tardait à être restitué. À cela s'ajoute le fait que les us prévoyaient l'existence de plusieurs lieux de rangement, dont témoignent les cotes inscrites sur les livres. Le fait a encore été trop peu étudié et c'est pourquoi, généralement et de façon un peu rapide, on cantonne la bibliothèque à *l'armarium* du cloître. Au XVIe siècle, et peut-être même bien avant, il était fréquent que l'on ait une réserve à proximité du dortoir. Celle-ci était sans doute la même pour les objets précieux, le tout constituant le "trésor" du monastère. Les actes notariés des donations en terres et droits faisaient naturellement partie de ce "trésor".

Tout nous porte donc à croire que la pièce construite par Pierre Farcy, lorrain d'origine et docteur en théologie, au-dessus de l'ancienne chapelle Saint-Paul – reconvertie par la suite en prison, suite aux décisions du Chapitre général de 1229, comme on l'a souvent dit ? – fut une réserve de la bibliothèque, voire une pièce de travail, comme les grandes fenêtres à meneaux le laissent penser.

Existait-il dans l'abbaye une bibliothèque importante ? C'est probable, bien qu'il soit encore difficile aujourd'hui d'en connaître le contenu en raison de sa dispersion en de multiples occasions. Nous ignorons à quel moment les premiers volumes furent vendus ou enlevés.

La dispersion des manuscrits de Fontenay

Peut-être la première vente eut-elle lieu sous l'un des premiers abbés commendataires qui, ayant à faire face à de grosses dépenses et voyant le nombre de ses moines diminuer, aliéna des livres que l'évêque de Chalon, Pontus de Thyard, poète de la Pléiade, acquit pour sa propre bibliothèque. Nous savons en effet qu'en 1578, Pontus détient les volumes que Jean III Bouhier acheta ensuite en 1642 à son héritier, Pontus du Thyard – un neveu du même nom que lui, dont il fut le tuteur – pour enrichir le fonds dont il avait lui-même hérité de ses ancêtres à la mort d'Étienne son père en 1635. Ce fonds remontait à Jean Ier nommé par Louis XII en 1512 au Parlement de Bourgogne. Nous avons à la Bibliothèque de la faculté de médecine de Montpellier (ms. H 19) l'un des deux catalogues de manuscrits que Jean III avait rédigé avec soin et dans lequel sont mentionnés en soixante-cinq articles les manuscrits provenant de l'abbaye de Fontenay, avec au f° 2, la mention : *"Il a commencé par l'achat des livres de théologie du Docte Pontus de Thyard, évêque de Chalon, et qu'il augmente tous les jours avec une grande dépense, outre celle qu'il fait pour les relier curieusement d'une parure, et ornez de ses armes, qui conserveront la mémoire de l'affection qu'il a pour les lettres."* D'ailleurs, il dépensait des sommes importantes pour racheter diverses bibliothèques, au point qu'il quintupla le fonds qu'il avait au départ et laissa à sa mort plus de 7000 ouvrages, une bibliothèque célèbre dans le monde savant, et une précieuse collection de numismatique et d'histoire naturelle. Cette collection fut achetée en 1782 par l'abbé de Clairvaux et son coadjuteur, au moment où ils entreprenaient la construction d'une troisième bibliothèque, achevée en 1788. Ce fut peine perdue puisque, par décret du 14 novembre 1789, ils furent obligés de déposer un état de leur bibliothèque et que, nommé par les autorités révolutionnaires, le commissaire Prunelle s'empara en 1804 d'une partie de la Bibliothèque de Clairvaux pour l'offrir à la bibliothèque de sa faculté de médecine de Montpellier. Il fit de même avec des ouvrages d'autres abbayes cisterciennes, dont Pontigny.

En 1679, sous l'abbatiat d'Anet Coustin de Masnaut (1677-1709), 12e abbé commendataire, une seconde dispersion des manuscrits eut lieu. Elle fait partie des abus dont les moines se sont plaints auprès du roi, qui leur donna l'autorisation de poursuivre l'abbé et surtout son frère prévu pour lui succéder ; le but était de retrouver ce qui avait disparu ou d'en recevoir une compensation financière. Les abbés visiteurs avaient pressé l'abbé Anet Coustin de partager ses revenus. Mais il ne fit point un partage équitable, gardant pour lui les deux tiers et ne laissant qu'un tiers à ses moines. Parmi les abbés visiteurs, il y a Pierre V Bouchu, 48e abbé de Clairvaux depuis février 1676. On sait qu'il fit plusieurs procès à l'abbé de Cîteaux et qu'il fut exclu du Chapitre général. Il fut même condamné à "être mis au pain et à l'eau".

L'abbé avait de qui tenir. Il était fils du Ier Président du Parlement de Bourgogne et neveu de Claude Vaussin, abbé de Cîteaux décédé en 1670. Aurait-il profité de son autorité, après entente avec l'abbé Anet Coustin, pour se faire donner quarante-six volumes de la bibliothèque de Fontenay ? Cela est bien possible. C'est du moins ce que laisse entendre L. Delisle dans le tome I de son étude du cabinet des manuscrits. En tout cas, ces volumes sont parvenus le 10 avril 1679 entre les mains de Baluze, puis de Colbert, avant de faire partie des collections de la Bibliothèque Nationale. Dans tous ces transferts, plusieurs manuscrits ont disparu du lot : Il n'en reste que vingt-huit à la Bibliothèque Nationale de France. Durant son voyage littéraire qui eut lieu en 1709, entre le décès de l'abbé Anet de Coustin et la prise de possession de l'abbaye par son frère Jean Marc de Masnadaut le 9 avril 1710, dom Martène écrit au sujet de la bibliothèque de Fontenay : *"elle possède un grand nombre de manuscrits pour la plupart des ouvrages des Pères de l'Église"* sans détailler, car les scellés avaient été apposés à la bibliothèque et ils ne les avaient donc pas vus. De fait, une partie du patrimoine n'y était déjà plus, comme nous venons de l'expliquer.

Après ce passage, nous savons que le Baron d'Heiss fait acheter pour son compte chez le libraire François Los Rios, à Lyon, trente-huit volumes. Ceux-ci seront peu après, en 1781, achetés par Paulmy pour enrichir sa bibliothèque fondée en 1757. Se sentant proche de la mort, il tenta en 1784 de la faire passer entre les mains du Roi qui refusa. Afin d'en assurer la conservation, il la céda au comte d'Artois, frère du roi Louis XVI, contre 412 000 livres, s'en réservant la jouissance, sa vie durant, et la possibilité d'accroître sa collection comme si elle était sa propriété exclusive. Le but recherché était de la mettre à la disposition d'un public studieux et intéressé. Aujourd'hui, ces volumes font partie du fonds de la bibliothèque de l'Arsenal.

Les bâtiments annexes

BM. Troyes, ms. 1034, f° 111v.
Manuscrit en provenance de Fontenay :
Raban Maur, Commentaires
sur les livres de Judith et d'Esther

Ci-dessous : BM. Troyes, ms. 595, f° 113v.
Manuscrit en provenance de Fontenay :
Le Cantique des Cantiques

BM. Troyes, ms. 983, f° 3v.
Manuscrit en provenance de Clairvaux :
Raban Maur, Commentaires
sur les livres de Judith et d'Esther

Les bâtiments annexes

Borne de pierre avec l'écu de Fontenay évoquant la pisciculture

*Page de droite :
le bassin de pisciculture dans son état actuel*

Une première approche de ce fonds de manuscrits, aujourd'hui dispersé, invite à poser la question de l'existence ou non d'un **scriptorium** propre à Fontenay.
Pour qu'une abbaye dispose d'un scriptorium, il est nécessaire qu'elle ait de nombreuses copies à réaliser. C'était le cas dans les abbayes-mères, qui devaient fournir un minimum de livres aux moines partant en fondation : *"Pour fonder un nouveau monastère, le nombre de moines qu'il est requis d'y faire passer est de douze, treize avec l'abbé : mais qu'on ne les y affecte pas avant qu'il y ait sur place les livres, les locaux et tout le nécessaire. En fait de livres, qu'il y ait au moins le missel, les règles, le livre des usages, le psautier, l'hymnaire, le recueil des collectes, le lectionnaire, l'antiphonaire, le graduel ; en fait de locaux : l'oratoire, le réfectoire, le dortoir, l'hôtellerie et la porterie ; et puis tout ce qu'il faut matériellement pour leur permettre de vivre et d'observer la règle en cet endroit dès leur arrivée"* (IC. XII). Or, Fontenay n'a pratiquement pas enfanté : Les Echarlis (Sens) lui fut affilié en 1131 et seules Sept-Fons (Autun) en 1132 et Chézery (Genève) en 1140 furent fondées ensuite. Or c'est le moment où la nouvelle église de Fontenay est en construction. On peut donc penser que les efforts portaient ailleurs que sur la copie des manuscrits. À cette époque, le *scriptorium* de Clairvaux est en pleine expansion et il est fort probable que, comme les lettres ornées des manuscrits de Fontenay le laissent supposer, on ait commandé les livres nécessaires à l'abbaye-mère de Clairvaux ou à La Ferté en raison de la parenté d'exécution des lettrines entre des manuscrits de La Ferté, et certains manuscrits de Fontenay. D'autre part, il existe une diversité telle dans les manuscrits retrouvés de la bibliothèque de Fontenay que l'on peut raisonnablement penser qu'il a été fait appel à plusieurs ateliers. Par la suite, il ne semble pas que le besoin se soit fait sentir de procéder autrement. On préférait sans doute se spécialiser dans d'autres domaines, comme la métallurgie, et en échanger les produits en fonction des nécessités.

La pisciculture

En passant près du bassin où coule en abondance l'eau claire, on se souviendra que les cisterciens, en particulier à Fontenay, ont beaucoup fait pour développer la pisciculture. Parmi les tout premiers dons, l'évêque Étienne de Bagé leur garantit le droit de pêche exclusif dans la vallée de l'abbaye *"du rocher qui servait autrefois de borne jusqu'au lieu que l'on appelle moulin du forgeron"*. D'autres droits similaires s'ajouteront par la suite. Leur blason, commandé par Louis XIV en 1698 à l'abbé Anet Coustin de Masnadaut pour *Le grand armorial de la France*, le rappelle : *"De gueules à*

trois bandes d'or et deux bars adossés au naturel, brochant sur le tout et surmonté d'une fleur de lis d'or."
Les hôtes, dont le logis se trouvait à proximité de la porterie, bénéficiaient tout particulièrement de cette spécialité.

L'hôtellerie

Une partie de cette hôtellerie, ayant 30 mètres de long et datant du XIIe siècle, subsiste ; mais elle se trouve maintenant complètement englobée dans l'ensemble fermier qui fut construit au XIXe siècle. Elle fut de ce fait probablement amputée. C'était le domaine du frère hôtelier chargé de l'accueil. Il était souvent aidé d'un compagnon. Selon les Us de Cîteaux, c'est à lui que revenait la décision de ce que mangeaient les hôtes et à quel moment. Il était chargé de les servir, et devait prévoir comment et où ils coucheraient.

Selon les dispositions connues ailleurs, il existait à l'hôtellerie, au minimum, un dortoir, une cuisine et un réfectoire où l'abbé venait rencontrer les hôtes et partager leur repas en signe d'hospitalité. Pour les hôtes de marque, il existait des "suites" avec une pièce chauffée par une cheminée, une chambre à coucher et des latrines privées. On les retrouve dans les grandes abbayes anglaises des XIIe-XIIIe siècles. De tels ensembles ne subsistent pas à Fontenay. À moins qu'il ne s'agisse du bâtiment que Lucien Bégule et René Aynard à sa suite – tout en admettant qu'aucune source ne vient confirmer leur hypothèse – interprètent comme étant la chapelle des étrangers. Ce bâtiment fut construit le long du mur d'enceinte, de l'autre côté de la porterie par rapport à l'hôtellerie, et mesurait 18 m 50 de long sur 10 m 50 de large. La grande pièce à l'étage était-elle séparée

132 Les bâtiments annexes

La cheminée mitoyenne aux bâtiments de l'hôtellerie des hôtes de marque et de la boulangerie

À droite : la boulangerie vue du Nord

En bas : l'hôtellerie des hôtes de marque vue du Sud

en deux avec une chapelle et un chauffoir ou n'y avait-il qu'une seule vaste pièce, chauffoir pour les hôtes – on ne trouve pas trace d'une séparation –, comme le suggère le conduit cylindrique en pierre de la cheminée encore visible à l'extérieur de l'extrémité nord de ce bâtiment, sur le pignon mitoyen avec la boulangerie et son four ? Construit au XIIIe siècle, ce bâtiment a fait l'objet de remaniements postérieurs, notamment à l'époque de la création de la papeterie, parce qu'on y avait aménagé des logements pour les ouvriers, ce qui nécessita une restauration importante au XXe siècle. Le pignon de la façade sud est percé dans sa partie haute d'une belle fenêtre composée de deux baies surmontées d'une rose quadrilobée au centre, entourée de deux fenêtres plus petites en plein cintre. Les restes de cette disposition sont encore visibles à l'intérieur. La partie basse est percée de deux baies géminées. L'ensemble constitue deux pièces au rez-de-chaussée, servant aujourd'hui de librairie et de lieu d'accueil et d'exposition.

La boulangerie

À l'autre extrémité de ce bâtiment, une boulangerie rappelle que les moines devaient avoir tous les ateliers nécessaires pour la confection et la conservation des

Les bâtiments annexes

Le colombier et le logis du maître-chien vus du Sud-Ouest. Au fond, l'église

aliments. Le pain formait une part essentielle de leur alimentation. Des consignes très strictes sont données dès les débuts de l'Ordre : *"Pour éviter que les frères, cédant à la faiblesse de la chair ou de l'esprit, ne se mettent à prendre en dégoût le pain grossier et à désirer un pain plus délicat, nous décrétons que l'on ne fera pas de pain blanc dans nos monastères, pas même les jours de grandes fêtes, mais un pain grossier, c'est-à-dire préparé avec du son. Là où l'on manque de froment, on emploiera le seigle. La présente loi ne sera pas imposée à nos malades. Aux hôtes également pour qui l'ordre en est donné, nous servons du pain blanc, de même à ceux qui ont été saignés, pendant la durée indiquée dans le règlement les concernant. La pâte du pain blanc servi à ces derniers est placée sur la balance comme le pain ordinaire ; elle ne doit nullement peser davantage, mais doit être mesurée au poids normal."* (IC. XIV).

Des autres lieux de confection de l'alimentation dans l'abbaye, nous n'avons plus trace à l'heure actuelle. Il devait certainement y avoir un endroit pour la fabrication des boissons, qui a probablement disparu avec le bâtiment des convers et la cuisine située entre le réfectoire des convers et celui des moines. On trouve même dans certaines abbayes, comme à Clairvaux, une "glacière" pour la conservation des aliments en été.

Le colombier

L'élégant colombier cylindrique du XIIe ou plus probablement du XIIIe siècle était assez vaste pour recevoir de nombreux volatiles. Sans doute restauré en 1652, comme l'indique la date gravée sur un linteau de soupirail, il comporte un millier de trous et demeure en très bon état avec son échelle mobile. L'usage de ces oiseaux n'était pas seulement gastronomique. Aujourd'hui encore, les sociétés colombophiles ne cessent de susciter notre étonnement en nous révélant les capacités de rapidité et de précision dans le transport de messages effectué par les colombes. Il est donc hautement vraisemblable que les moines y aient eu recours lorsque l'envoi d'un émissaire ne pouvait se faire.

Bâtiment des abbés commendataires, façade méridionale

Page de droite : bâtiment des abbés commendataires, modifié au Nord et à l'Ouest

À côté de ce colombier s'élève une petite dépendance avec mêmes caractéristiques architecturales que le logis abbatial et qui devait servir d'habitat au maître-chien. Elle fut au XIXe siècle rattachée à l'ouest au colombier et agrandie d'une pièce à l'Est avec attribution d'un nouvel usage.

Le logis des abbés commendataires

Cet ensemble apparaît un peu écrasé par l'imposant logis qu'un des abbés commendataires s'est fait construire au XVIIe siècle. La commende, qui s'est pratiquée à partir de 1515 à la suite du concordat établi entre le pouvoir royal et la papauté, s'est généralisée pour les monastères cisterciens à partir de 1543, mais s'est imposée à Fontenay en 1547 seulement.

Occupant la place laissée libre par le bâtiment des convers ruiné et détruit, ce logis abbatial présente en sa façade méridionale, sept fenêtres à l'étage, avec un balcon à celle du centre, et devant la porte, au rez-de-chaussée, un perron évasé avec quatre marches, entouré de trois fenêtres de part et d'autre. Dans le toit, trois lucarnes ornementées d'un fronton arrondi et surmonté d'une boule de pierre, présentent des ailerons en volutes aux encadrements des fenêtres, qui leur donnent une certaine élégance et contrastent avec la rigidité rigoureuse de la façade. L'ensemble forme un tout harmonieux et majestueux.

Ce bâtiment fut construit, selon toute vraisemblance, sous l'administration de Charles Ferrières de Sauvebœuf, huitième abbé commendataire, qui durant ses soixante-cinq années de commende, réalisa diverses constructions nécessitées par le manque d'entretien général des locaux de la part de ses prédécesseurs. Les guerres sans cesse renaissantes (1589-1597) en étaient probablement la cause. L'insécurité des temps explique pour une part le fait que les abbés commendataires de Fontenay ne se soient presque jamais rendus à l'abbaye, se contentant d'en administrer les biens et d'en toucher les revenus.

Il était, d'ailleurs, de règle quasi générale que l'abbé commendataire nommé par le pouvoir ne vive pas dans son abbaye, puisque telle n'était pas sa vocation. S'il s'avisait de le faire en s'installant avec sa famille, c'était souvent la ruine complète des observances. L'administration locale incombait au prieur conventuel.

La répartition des revenus entre l'abbé et la communauté était fixée par la loi. Celle-ci imposait souvent aux moines des revenus tout juste suffisants pour se nourrir et se vêtir. L'entretien des bâtiments devait donc être pris en charge par l'abbé, les moines n'ayant pas les moyens de le faire. Mais dans l'immense majorité des cas, le souci de celui-ci était d'engager le minimum de frais d'entretien afin

Les bâtiments annexes | 137

de tirer le meilleur revenu possible.
Il n'était pas rare non plus qu'il obtienne de l'abbé-père ou du visiteur général une limitation du nombre de moines dont il devait assurer la subsistance.

En 1587, Lupin Lemire, abbé de Clairvaux, fixe à vingt-cinq le nombre de moines et de convers à Fontenay, chiffre qui, au temps de Louis Bauffremont de la Valette, sixième abbé commendataire (1600-1610), sera abaissé à vingt-deux, sous Denis Largentier, abbé de Clairvaux (1596-1624), par son neveu et coadjuteur Claude. Il n'est toutefois pas certain que le nombre de moines présents dans l'abbaye ait été aussi élevé. Ainsi, vers 1560, sous Jean de la Brosse, les actes ne mentionnent que treize moines au total et, vers 1580, dix-huit noms nous sont connus. Le nombre des prébendes fixé par l'abbé-père de Clairvaux n'était donc qu'un chiffre théorique, présenté comme un maximum. Quoi qu'il en soit, on est bien loin des chiffres, supérieurs à la centaine, de l'époque médiévale. Mais il est souvent difficile de se faire une opinion précise sur le nombre de moines que comptait une abbaye, et l'on a eu bien souvent tendance à l'accentuer. Il nous faut considérer ces chiffres comme purement indicatifs; surtout dans les périodes reculées du Moyen Age.

En 1615, le programme de réforme de la stricte observance adopté à Clairvaux par Denis Largentier va progressivement être étendu à diverses abbayes de la filiation et sera accueilli favorablement par l'abbé de Cîteaux Nicolas II Boucherat (1604-1625) et par le Chapitre général. Nous ne savons pas quand et si Fontenay a adopté cette réforme. Il n'en demeure pas moins qu'en bien des cas, la volonté d'être fidèles à l'idéal religieux est manifeste et que des mesures ont été souhaitées et prises pour ce faire.

Les bâtiments annexes

*La porterie,
façade extérieure, détail*

*Page de droite : La porterie,
façade intérieure*

Contentieux entre un abbé et ses moines

Ainsi, en 1683, sous le gouvernement du neuvième abbé commendataire, Anet Coustin de Masnadaut (1677-1709), une consultation préalable à un acte du conseiller du Roi au baillage de Semur en Auxois, François de Bretagne, a été faite auprès des moines de Fontenay au sujet d'un échange de logis entre l'abbé commendataire et eux. Les moines, en effet, se plaignaient des nuisances apportées par l'abbé et ses invités trop bruyants. Pierre Bouchu, abbé de Clairvaux, en tant que Père immédiat, procède donc le 22 août 1684 à l'acte d'échange des logis entre l'abbé Anet Coustin et dom François Faipout, prieur de Fontenay, vicaire général de l'ordre en la Province de Bourgogne et représentant de la communauté. Selon cet acte, les moines reçoivent le logis abbatial, les greniers et autres lieux et espaces adjacents, tandis que l'abbé reçoit les bâtiments des chambres d'hôtes, granges, écuries, pressoirs, greniers, caves et autres lieux qui ont servi jusque-là aux moines. On peut gager que ces lieux devaient se trouver de part et d'autre de la porterie.

Dans le prolongement de cet échange, le 4 juillet 1741, par acte notarié devant le Conseiller du roi, le treizième abbé commendataire, le comte Zaleuski (1735-1748), confirme la cession aux moines de la maison abbatiale de l'enclos de Fontenay *"aux conditions toutefois qu'ils se chargeront de toutes les réparations et entretiens de quelque nature qu'ils soient et puissent être, en seront toujours quittes et déchargés, le prieur et les religieux paieront à leur frais tous actes nécessaires pour leur dit abandonnement"* (ACd'O. 15 H 32).

La porterie

C'était le portier qui, au sein de l'abbaye, était chargé de faire le lien avec l'extérieur. Aussi était-il soigneusement choisi, selon les prescriptions mêmes données par saint Benoît : *"À la porte du monastère se tiendra un frère judicieux, d'âge avancé, capable de recevoir et de rapporter un message, et d'une maturité qui le préserve de rôder partout. Ce portier aura sa loge tout près de l'entrée, afin que les survenants trouvent toujours quelqu'un avec qui traiter"* (RB. LXVI). Il résidait donc dans la porterie et était chargé d'accueillir pauvres et riches avec la même charité. Aux pauvres ils distribuait du pain qu'il pouvait avoir en réserve dans sa cellule, parfois davantage, puisqu'il était prévu dans le coutumier que le surplus de la table des moines devait être laissé au portier (EO. CXX). Pour les hôtes de marque, il faisait venir l'abbé, qui les honorait de sa présence ou se faisait représenter.

Le portier était tenu de se rendre à la porterie après les laudes et jusqu'après complies. À l'arrivée et au départ de chaque hôte, il devait exprimer une égale révérence et beaucoup d'humilité, de la discrétion aussi dans sa conversation. Ainsi, *"il ne parlera plus aux moines ni aux hôtes de notre Ordre après les avoir reconnus"*.

Les bâtiments annexes | 139

Lorsqu'un passant venait frapper pendant le temps d'un office (pour lequel il devait revêtir la coule comme s'il était au chœur), il devait répondre comme d'habitude en faisant savoir que c'était l'heure de l'office et faire attendre la fin de cette heure pour répondre plus amplement. Le portier était donc tenu aux mêmes obligations monastiques que les autres moines et devait se faire remplacer par son aide durant la première messe et le chapitre qui lui fait suite, et de même lors des sermons donnés au chapitre ou à l'heure de son repas, qu'il prenait en même temps que les serviteurs. En été, durant l'heure de la sieste, s'il le voulait, il pouvait se rendre au dortoir pour y dormir, pendant que son aide assurait la permanence à la porterie.

La partie basse de la porterie du XIIe siècle est restée telle qu'elle fut conçue à l'origine, avec sa grande porte cintrée pour permettre l'accès des charrois à l'intérieur de l'abbaye. À droite de l'entrée on trouve même, et c'est une curiosité, la niche du chien de garde avec son ouverture quadrilobée du côté de l'entrée et du côté de l'hôtellerie. L'étage a été reconstruit au XVe siècle en pierres de taille à l'extérieur et à pans de bois et de maçonnerie à l'intérieur, partie qui a été remaniée au XVIIe siècle sous l'abbé Charles Ferrières de Sauvebœuf, comme l'indiquent les dates de 1649 et de 1652 gravées sur le linteau de l'escalier et sur les murs du passage.

Les enceintes

Au terme de ce parcours dans le monastère, nous avons peut-être l'impression que, pour l'essentiel, l'abbaye est restée comme figée dans son aspect médiéval et que, somme toutes, les apports au fil des siècles ont été assez modestes. Cette impression n'est que partiellement juste car ce sont des restaurations faites au début du XXe siècle qui ont contribué à redonner son unité à l'ensemble.

Très retirée, l'abbaye fut pour une part, il est vrai, protégée des incursions guerrières plus que d'autres ; mais ce retrait, par ailleurs, la livrait sans protection aux bandes de pillards qui suivaient de près les armées. Elle l'obligea à se doter de murs qui remplacèrent les haies des débuts. Les moines obtinrent des autorités le droit d'édifier des murs de clôture pour se protéger. Ils durent les reconstruire à plusieurs reprises et ceux-ci étaient plus symboliques qu'efficaces. C'est ainsi que, pendant la Guerre de Cent Ans, l'abbaye fut pillée en 1359 par les armées du roi d'Angleterre Édouard III. Pour réparer ces méfaits, celui-ci fit don aux moines, par acte notarié en date du 28 juillet 1361, de 40 000 moutons d'or pour la reconstruction des murs d'enceinte et l'amélioration de l'église.

Les armées et les pillards s'en prenaient, en fait, davantage aux biens consommables qu'aux constructions, mais les murs de clôture très vulnérables en firent souvent les frais. L'abbé Nicolas III, conseiller du duc Philippe le Hardi et de la duchesse de Bourgogne, obtint d'eux l'autorisation de reconstruire ces murs pour se protéger de toutes les bandes composites qui pillaient toute la Bourgogne dans le sillage des armées régulières et qu'on appelait alors "les Écorcheurs" en raison de leurs manières fortes. La Guerre de Cent Ans fut ainsi un désastre économique bien plus que militaire. Avant la signature de la paix d'Arras le 21 septembre 1435, marquant la fin de cette horrible guerre par la réconciliation du roi Charles VII et du duc de Bourgogne, le monastère, sous l'administration de l'abbé Jean de Laignes (1414-1438), eut encore à souffrir à plusieurs reprises des ravages des Grandes Compagnies. Aussi le pape Martin V l'exempta-t-elle d'impôts sur toutes ses propriétés.

Mais les malheurs de l'abbaye ne se sont pas arrêtés là, puisqu'au milieu du XVe siècle, comme nous l'avons évoqué, les "Rôtisseurs" mirent le feu au grand dortoir, que l'abbé Jean Frouard de Courcelles reconstruisit au cours de la seconde moitié du siècle. Les guerres de religion apportèrent de nouveaux troubles, dont il fallut à nouveau se protéger. Mais, grâce aux décisions du Concile de Trente et aux encouragements donnés par l'Église aux responsables politiques, l'abbé Jean de la Brosse obtint du roi Charles IX la permission de refortifier l'abbaye par un mur, des fossés et des tourelles. Il s'agirait d'une nouvelle enceinte beaucoup plus vaste, car rien ne laisse supposer l'existence de cette enceinte à proximité immédiate de l'abbaye. Bien lui en a pris, puisqu'avec le siège de Montbard en 1590, le monastère eut à souffrir les exactions de la soldatesque des deux camps. Ceci n'empêcha

Les bâtiments annexes | 141

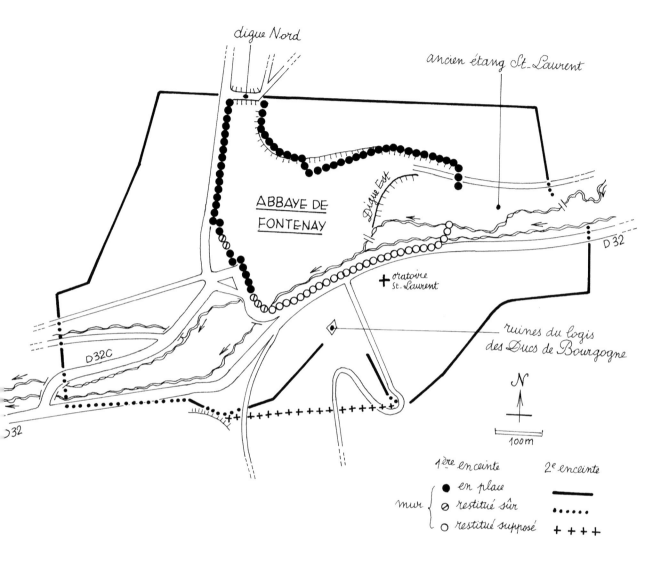

pas les récoltes et les propriétés monastiques hors clôture de pâtir des événements (château de Saint-Remy, ruines au moulin et au foulon de Choiseau, etc.).

La diminution des ressources à l'époque des abbés commendataires eut pour conséquence le manque d'entretien des bâtiments, et donc la ruine des parties inoccupées de l'abbaye, et finalement leur destruction malgré l'opposition des moines. Ce qui se fit au profit de constructions souhaitées par l'abbé (logis abbatial, maison proche du colombier) ou de celles qui lui furent imposées (infirmerie, restauration de la porterie).

Le XVIIIe siècle fut marqué par de grandes difficultés financières face aux restaurations indispensables que les abbés visiteurs généraux recommandèrent et que les visites des artisans eurent à chiffrer par des devis contradictoires pour une exécution au meilleur prix. La lecture des comptes rendus de ces visites nous permet de mesurer dans quel désastreux état se trouvait l'ensemble monastique, qui finalement fut sauvé de la destruction grâce à son achat, au lendemain de la révolution française, par un grand industriel papetier. Nous l'évoquerons dans un autre chapitre.

6
La vie économique de Fontenay
Tous membres d'un même corps

Pour réaliser les travaux de construction, tout au long de l'histoire de l'abbaye, il était nécessaire d'avoir des ressources. Celles-ci furent obtenues tout d'abord par l'exploitation directe des biens. Puis, les moines se trouvèrent dans l'obligation, soit à cause de l'éloignement des propriétés, soit à cause de la diminution des effectifs, de les rétrocéder à d'autres afin d'en tirer l'usufruit sous forme d'impôts. Pour l'essentiel, les documents d'archives, à partir du XVe siècle, évoquent les amodiations et baux établis entre les moines et ceux qui font valoir leurs terres. Puis, apparaissent au XVIe siècle les contrats d'envillagement de leurs granges et la multiplication des procès. En conséquence, il fallut procéder à des débornements, à des arpentages et à de nouveaux bornages de plus en plus nombreux. On a retrouvé quelques-unes de ces bornes, comme celle du XVIe siècle que l'on peut admirer dans les salles d'exposition à l'entrée de l'abbaye. Un simple blason avec une crosse symbolise le côté où se trouve la terre appartenant à l'abbaye.

Des origines très fécondes

Les documents qui subsistent pour les XIIe et XIIIe siècles montrent que la croissance du patrimoine ne se fit pas attendre, à la différence du sort que connurent d'autres abbayes cisterciennes, comme La Ferté, dont les débuts furent plus difficiles.

Il est cependant impossible, en l'absence d'une étude spécialisée, de dresser un inventaire aussi complet que possible des propriétés. Les sources font souvent défaut et il faudrait, pour commencer, entreprendre des recoupements à partir d'une longue enquête dans le cartulaire incomplet de l'abbaye, datant des XIIIe-XIVe siècles, ainsi que dans les Archives de plusieurs départements (Aube, Côte d'Or, Seine-et-Marne, Nièvre, Yonne) où sont recueillis les actes des propriétés les plus éloignées.

Le patrimoine fut considérable et parfois avec des propriétés bien trop éloignées de l'abbaye pour pouvoir être exploitées directement. Les moines se trouvèrent donc dans l'obligation de les faire valoir par d'autres, en échange de redevances. On ne peut, par conséquent, évoquer à l'heure actuelle qu'à grands traits les phases successives d'acquisition des biens par l'abbaye.

Les premiers dons, nous l'avons rappelé, ont été faits par l'évêque d'Autun, Étienne de Bagé, et par les proches de la famille de Bernard. Il s'agissait du lieu où vivait l'ermite Martin avec ses dépendances, du vallon de l'abbaye et de ses environs. À cela se sont ajoutés les biens qui ont constitué le territoire des deux granges situées au nord et au sud de l'abbaye : la grange du Petit Jailly (ou de Carmet) avec ses dépendances, et la grange de Flay (ou Flacey).

Le territoire de la grange d'Eringes (ou d'Aringes) avait été donné avant son décès (1123) par Rainard de Montbard. À ces propriétés s'ajoutèrent de nombreux droits d'usage et l'exemption d'impôts. Rainard avait donné aux moines, en effet, le droit d'usage de tous ses bois et celui de cultiver et d'ensemencer les terres qu'ils voudraient, sans avoir à payer de redevances.

L'évêque Étienne de Bagé, quant à lui, avait donné un certain nombre de dîmes sur les granges d'Eringes, de Jailly, de

Saint-Agnan, de Flay, et il accorda l'exemption de celles de la vallée où se trouvait l'abbaye (à cette date, il s'agit de la nouvelle implantation où se situe aujourd'hui cette abbaye) qui lui revenaient, et de toutes celles que les moines devraient normalement verser au diocèse d'Autun. Une exception toutefois fut faite pour celles qui se trouvaient sur le territoire dépendant du prêtre de Seigny, Girard, afin que celui-ci ne pâtisse pas des générosités de

La vie économique de Fontenay — 145

l'évêque. Toutes ces facilités avaient été accordées aux moines de Fontenay pour leur installation, si bien qu'en 1142, ils étaient à la tête de plusieurs granges libérées de l'impôt de la dîme.

En 1170, le duc Hugues III de Bourgogne adressa au Chapitre général un document par lequel il affranchissait toutes les abbayes cisterciennes de son duché de tous les droits de péage qui lui étaient dus. Fontenay en faisait naturellement partie.

Le 21 décembre 1181, ce fut le pape Lucius III qui, s'adressant aux évêques d'Autun et de Langres ainsi qu'aux abbés, prieurs et autres prélats de ces évêchés, leur notifia l'exemption générale des dîmes consentie à toutes les abbayes cisterciennes de leur territoire, et en particulier à Fontenay, sur les terres cultivées par les moines et sur les *novales* (nouvelles terres mises en culture). Mais par la suite, avec l'enrichissement des abbayes, de nombreuses contestations ne manqueront pas de naître de la part des descendants ou des ayants droit sur ces terres.

On peut déduire de cette rapide analyse des archives que l'économie primitive de l'abbaye était fondée vers le nord sur l'usage des bois, dont on connaît le rôle pour l'élevage des troupeaux, les constructions et le chauffage. Vers le sud et vers l'Est, des prés et des terres à cultiver, quelques rares vignes, complétèrent cette économie surtout consacrée à l'élevage.

*La tour des écrevisses
située dans la vallée vers Touillon*

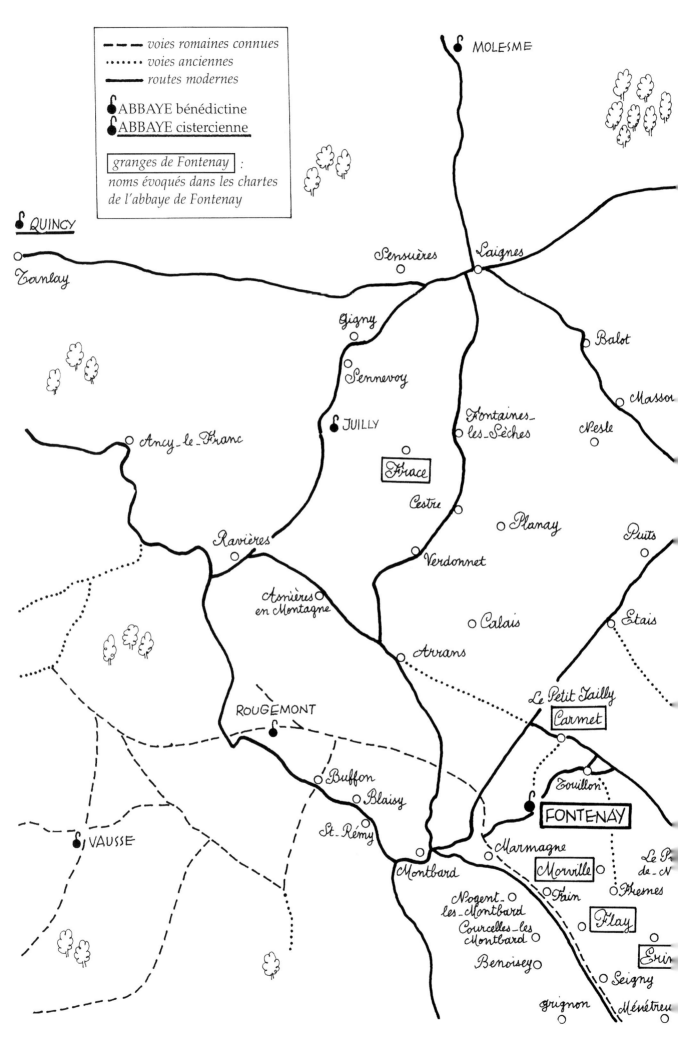

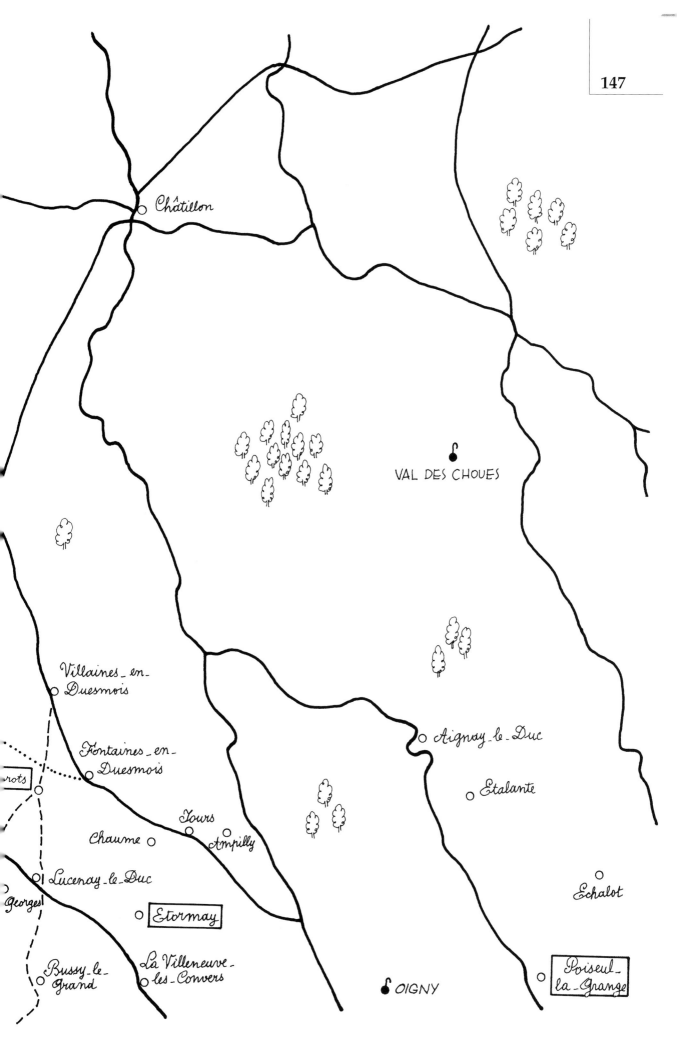

La vie économique de Fontenay

La première expansion territoriale

EXPANSION VERS LE NORD

Ces premières donations ont donc été le point de départ de l'expansion territoriale de l'abbaye sur une vingtaine de kilomètres vers le Nord, au-delà de la route actuelle qui relie Montbard à Châtillon, puisque les moines reçurent de Rainard de Montbard, "*pour l'amour de Bernard, abbé de Clairvaux, notre neveu*", la lisière du bois qui va de Fontaines-lès-Sèches à Nesles, descend jusqu'à Planay et une partie de Verdonnet, Calais (à condition que la partie nord du Grand Jailly ne soit pas mise en culture). La tradition familiale favorable à Fontenay se maintint durant plusieurs générations. Le fils de Rainard, Bernard, ainsi que ses fils et petits fils André, comme l'ont notifié successivement les évêques Geoffroy et Gauthier de Langres, confirmèrent les donations de leurs aïeux.

L'abbesse Agnès du Puits d'Orbe, sœur présumée de l'abbé Geoffroy, ajoute le "désert" de Fontaines-lès-Sèches attenant au territoire de Cestre (ou Segestre). On peut penser qu'outre l'usage du bois nécessaire à la construction et au chauffage, les moines mirent à profit ce territoire boisé pour le pacage de leurs troupeaux en sous-bois, comme le voulait la coutume médiévale. Ils obtinrent aussi plus au Nord des terres et des bois sur le territoire de Laignes, ainsi que la confirmation par le comte Guy de Nevers du don fait par son aïeul, le comte Guillaume, de l'ermitage de Sensuères et des terres qu'ils avaient essartées autour. À cela s'ajoutèrent les pâtures de Robert d'Aisy à Laignes et d'autres données par Hugues de Neuilly à Sennevoy ou confirmées par lui sur Fontaines-lès-Sèches, Gigny et Laignes. Mathieu d'Etais, quant à lui, confirme le don de pâtures à Puits et Etais, les droits de pâturage pour les porcs, ainsi que la ramée dans les bois et l'usage du bois vif et mort au finage d'Etais. Des droits d'usage sur Puits, d'autres sur Nesle nécessitent aussi des accords avec l'abbaye cistercienne de Quincy, fondée en 1133 vers Tonnerre par Pontigny, qui avait une grange à Massoult. Tous ces accords interviennent avant la fin du XIIe siècle et montrent que l'économie de Fontenay s'étendait assez loin vers le Nord pour les usages des troupeaux.

EXPANSION VERS LE SUD

Vers le Sud, l'abbaye dispose de terres qui longent le ru venant de Touillon jusqu'à Marmagne. Plus tard, grâce à de nombreuses donations faites entre Marmagne et Grignon, de part et d'autre de la vallée de la Brenne, les possessions de l'abbaye s'étendent jusqu'aux Laumes sur un territoire plus accidenté, avec des terres immédiatement exploitables en cultures. Les granges d'Eringes et de Flay, de Morville naîtront très vite et, à l'Est, celle d'Estormer (Etormay) où se trouvait un prieuré de Saint-Martin d'Autun qui leur est donné, ainsi que la grange des Moraux (Emorots) dont il subsiste un bâtiment de la fin du XIIe siècle, hélas non protégé et en mauvais état. Il est difficile de préciser à quel moment sont nées chacune de ces granges. Elles sont le fruit d'une répartition de terres tôt offertes, intervenue à la fin du XIIe siècle ou au début du XIIIe siècle.

L'étude de cet ensemble est très intéressante, car l'acquisition de ce patrimoine s'est faite de façon plus serrée que pour les biens situés au Nord de l'abbaye. Les moines ont mis en œuvre, en ces lieux, une vraie politique d'acquisition par achat contre des objets ou des animaux, voire contre le versement régulier d'un cens, comme s'ils avaient fondé sur ces terres proches de l'abbaye l'essentiel de leur économie. La densité des granges qui en sont issues et leur proximité vient confirmer ce fait. Il est vrai qu'ils jouissaient sur ce territoire de beaucoup d'atouts pour un usage diversifié de leurs biens. Les eaux de la Brenne leur donnaient la possibilité de tirer des revenus de la pêche et d'avoir des moulins, comme celui de Colle concédé par l'abbesse Marguerite d'Aubemont en 1157, avec l'accord de son chapitre. Elle donnait en même temps tout ce qu'elle possédait sur le territoire de Fain-lès-Montbard : le moulin de Colle, et tout ce qui était à elle sur le finage de Marmagne jusqu'à Flay, et d'autre part, tout ce qu'elle avait de la Brenne jusqu'à Touillon, c'est-à-dire la vallée où se trouve l'abbaye, tant en prés qu'en bois. Ce "don" était fait contre un cens annuel de 5 sous à verser durant le mois de la Saint-Martin, c'est-à-dire en novembre. La même année, Geoffroy, évêque de Langres, qui fut le premier abbé de Fontenay, avait donné, sous un cens identique de cinq sous à verser en mars, le territoire qui va de la colline des confins de Marmagne à Flay et de la Brenne à Touillon, tant en bois qu'en plaine. Osmond de Rougemont ratifia, dès 1173, toutes les propriétés que les moines avaient acquises sur l'étendue de sa seigneurie à Seigny et ailleurs. Par divers actes il confirma aussi les dons de son père Humbaut et donna lui-même en 1199 les droits de pêche et des pâtures sur Benoisey, Courcelles, Saint-Remy et Buffon, ainsi que le droit de charroi sans impôt sur toutes ses terres et prés. Rainard de Courcelles fit de même à Benoisey et Grignon, et il permit de construire des ponts sur ses rivières. Olivier de Grignon reconnut les propriétés des moines sur Benoisey et Courcelles et leur accorda en 1191 et 1202 non seulement les droits de pêche dans toutes ses rivières, mais les bois et pâtures sur toute l'étendue de ses propriétés et aisances, et leur permit de construire des ponts pour le passage des bêtes et des récoltes, ainsi que le charroi libre de celles-ci à travers ses prés et rivières aux gués. Faveurs insignes, nécessaires à l'exercice de l'économie des granges sans avoir à faire face à des querelles… et il y en eut.

Les donations de prés et de terres sur tout ce territoire sont nombreuses. On ne peut les citer toutes ici. Ce qui importe c'est de bien percevoir que, pour l'essentiel, ces terres sont consacrées à l'élevage et à quelques cultures. Telles furent les activités principales des granges de Flay et d'Eringes. Toutefois, les coteaux exposés vers le Sud au-dessus de Marmagne et de Fain avaient été plantés de vignes. À tous ces biens évoqués se sont donc ajoutées aussi des vignes. Les moines obtinrent en même temps la libération des dîmes à verser sur celles-ci et sur les terres cultivées au finage de Fain.

Expansion vers l'est

De Saint-Martin d'Autun qui possédait un prieuré à Estormer (Etormay), Fontenay reçut toutes les terres, plaines et forêts dépendantes, pâtures et usages ainsi que tous les droits qui vont de la Brenne à la Seine. Ce don considérable constitua dès le départ une grange qui donna très vite lieu à la construction d'une chapelle à moins que celle-ci n'ait été construite déjà auparavant par les moines de Saint-Martin. En retour, Fontenay devait verser tous les ans au monastère d'Autun, du mois d'août à la Toussaint, quatre muids et demi de froment à la mesure d'Autun.

Hugues Péché de Thil donna le quart du territoire compris entre la rivière Laigne, Etormay et Novillemont, qui s'appellera par la suite La Villeneuve-les-convers. Sur Jours, Anseau, sire de Duesme, confirma le don fait par son père du bois de Leurce. Guy de Fontette donna un pré voisin de la Laigne et ce qu'il possédait vers Etormay. Sur Lucenay, ce sont des pâtures reçues du père d'Hugues de Maligny, et de Raymond de Lucenay à sa mort, à l'Ouest du chemin de Châtillon à Flavigny, c'est-à-dire vers Saint-Georges. Hugues du Mont et ses frères offrirent leurs droits sur la terre comprise entre la grange d'Etormay et le chemin romain. À ces biens se sont ajoutés ceux de Renaud, vicomte de Tonnerre, et de son frère Hugues Catin, sur le territoire de Novillemont, ce qui était du *casamentum* d'Hugues III de Bourgogne, les terres des ancêtres d'Olivier de Grignon, et bien d'autres dons comme, en 1201, les prés et pâturages sur Muneix de Garnier de Blaisy et ceux de son épouse Agnès, au moment où ils allaient partir pour Saint-Jacques de Compostelle. Ce don était assorti, de la part d'Agnès, d'une clause de restitution des uns et de rachat des autres en cas de retour. Dix ans plus tard, Huez de Darcey entreprit lui aussi le pèlerinage à Saint-Jacques et fit à l'abbaye l'aumône d'un pré pour se rendre le ciel propice. L'abbé Guillaume III le reçut au nom de ses frères. Pâtures, champs et vignes sont acquis sur Bussy-le-Grand dans la première moitié du XIIIe siècle. L'accroissement du patrimoine de cette grange et son étendue permettent aux moines d'établir dès 1260 à Saint-Georges, près de Lucenay, un prieuré qui leur appartient avec le Patis-du-Nan. Pour l'essentiel, ces propriétés sont composées de prés ou de terres à cultiver, sauf sur les côtes de Bussy-le-Grand où il s'agit de vignes.

Plus à l'Est encore, les moines reçoivent les terres qui constitueront dès le XIIe siècle la grange de Poiseul, pour laquelle ils seront très vite contraints d'établir des accords avec les abbayes de Flavigny et d'Oigny. À plusieurs reprises le Duc de Bourgogne, Hugues II, intervient, soit comme témoin, soit comme donateur de biens, pour cette grange qui s'étend à l'Est et au Nord jusque vers Echalot et même Etalante. Son économie semble être liée à l'élevage et aux usages des bois. Une convention de parcours fut même établie en 1276.

L'influence des moines sur la population

Tant de bénédictions ne les éloignèrent cependant pas de leur obligation évangélique de venir en aide aux pauvres. Plusieurs actes montrent à ce sujet leur générosité, touchés qu'ils furent par celle même des pauvres. Ainsi l'histoire de cette veuve, Racenna de Fresne, qui avait un fils et deux filles et qui était si démunie qu'elle prévoyait d'être à sa mort enterrée sans linceul. Elle ne possédait qu'un champ près de Seigny, sur la côte d'Eringes et décida d'en donner la moitié puis la totalité aux moines. Ils acceptèrent le don, tout en lui proposant d'accueillir chez eux son fils quand il voudrait, et ils donnèrent à l'un et à l'autre deux bœufs, une cape et une tunique. D'autres exemples peuvent être cités de serfs qui demandèrent à l'abbé sa protection. Celui-ci, les accueillant, prit l'engagement de pourvoir aux besoins de leur femme, comme pour Sofisia, femme du serf Hugues, qui vivait à Echalot près de Poiseul-la-Grange et qui terminera sa vie à Touillon, où les moines entretenaient peut-être un hospice. À ces cas personnels s'ajoute aussi l'aide apportée à une collectivité comme la léproserie de Marmagne, à laquelle les moines firent des donations en 1228. Il en existait aussi une à Echalot et sans doute d'autres dans la vallée. Ces donations compensent pour une part l'attitude rigoureuse que le Chapitre général imposa à tout l'Ordre vis-à-vis des lépreux. Par exemple, en 1194, il prescrivit le renvoi de tout novice qui serait atteint de cette maladie (sans pour autant s'en désintéresser et ne pas chercher à le sauver). En 1204, le Chapitre général interdit le séjour des lépreux auprès des maisons de l'Ordre. La peur de la contagion explique bien cela. L'Église avait d'ailleurs pris des mesures pour favoriser le regroupement des lépreux. Ainsi le concile de Latran III en 1179 avait décrété *"que partout où ces hommes seraient en nombre suffisant pour mener la vie commune, disposer d'une église et d'un cimetière et bénéficier d'un prêtre à eux, on les y autorise sans contradiction. Nous statuons également qu'ils soient exempts de dîmes sur le produit de leurs jardins et la nourriture de leurs animaux"* (canon 23).

Ouverture à l'économie de marché

Après l'acquisition des biens, l'abbaye chercha à obtenir l'exonération des impôts locaux, puis des impôts liés au commerce, ainsi qu'à acquérir des maisons en ville pour favoriser les échanges et le commerce : à Auxerre (dès 1183), à Dijon (dès 1191 et au cours du XIIIe s.), à Tonnerre

(en 1214 et au cours du XIIIe s.), à Troyes (1221), à Provins avec des prés pour faire paître les montures (dès 1214/15 et 1229/30), et à Beaune (1221).
En effet, les statuts des Chapitres généraux reconnaissent le danger d'aller sur les marchés et foires, mais c'est une nécessité que la pauvreté exige "*afin que nous vendions nos affaires et achetions le nécessaire*" (IC. LI). On limite donc à trois ou quatre jours la distance des foires où l'on peut se rendre, et l'on rappelle que "*les moines ou les convers n'habiteront aucune maison située à l'intérieur des villages, des bourgs ou des villes*" (IC. LXXI). Ils n'iront jamais à plus de deux et ne devront compter pendant leur séjour sur aucune maison religieuse pour recevoir leur subsistance ou celle de leurs chevaux. "*On la tirera plutôt de ses propres ressources. De plus, les frères ne doivent pas, pour leur consommation personnelle, acheter du poisson ni se procurer le moyen d'en pêcher, ils ne peuvent boire du vin que bien coupé d'eau et doivent se contenter de deux plats de légumes*" (IC. LI).

Le XIIIe siècle est, de loin, la période la plus féconde en biens et en acquisitions de droits et de rentes sur des lieux parfois très éloignés. En 1230, les moines acquièrent à Lons-le-Saunier (Jura), la rente d'une montée de sel. Ils possédaient aussi, outre les maisons déjà citées, quelques biens dans la Nièvre (Arleuf, Saint-Agnan et Saint-Brisson), dans l'Yonne (en divers endroits en allant vers Auxerre), en Saône-et-Loire (Autun) et dans l'Aube (Buchères).

La mise en valeur du patrimoine

Un tel patrimoine nécessitait pour sa gestion, même si elle était sous la responsabilité première de l'abbé qui recevait les donations au profit de l'abbaye, la présence d'un homme clé : le cellérier. Les statuts précisent : "*Nous défendons à tout abbé de confier ses granges ou l'une de ses granges à aucun moine, sauf le cellérier qui, si l'on se réfère à l'autorité de la règle, doit exercer toutes ses responsabilités en suivant la volonté de l'abbé. D'autre part, à ce même cellérier, dans la mesure où il le faut, on fournira des aides qui le seconderont dans ses différentes tâches*" (IC. LXVIII).
Le cellérier avait non seulement la haute main sur tout ce qui touche la vie très concrète et matérielle du monastère, mais aussi sur l'ensemble des domaines. Il était d'ailleurs le seul moine, outre l'abbé ou son délégué, autorisé à se rendre dans les exploitations agricoles que l'on appelait "granges", selon la définition donnée dans la législation primitive : "*Leurs moyens de subsistance, les moines de notre ordre doivent les tirer du travail manuel, de l'agriculture, de l'élevage ; aussi nous est-il permis de posséder*

actibꝰ duplicitatis habuit? que testi
ueritas de cordis simplicitate laudat

EXPLICIT LIBER DVODECIMꝰ

INCIP̅ LIB. XIII;

S
SE

hoc

PVERSORV̅ ꝐPRIV̅
solet· q̇d mala sua p conuitiū boni in
gerunt· priusquā de eis ipsi uerācit

Vigne et vendange.
BM. Dijon, ms. 170, f° 32,
St Grégoire le Grand,
Morales sur Job, 1ᵉ partie

Fontenay et les vins de Bourgogne

L'abbaye voulut acquérir d'autres vignes, parce qu'elle en était trop peu pourvue. Certaines font partie aujourd'hui des grands crus. Ainsi Mathieu d'Etais en offre une à Pommard en 1209, Robert Oudemer une autre en 1210 et s'en réserve l'usufruit. Elles viennent s'ajouter à celles de Bussy-le-Grand, d'Augy près d'Auxerre avec des terres pour planter des vignes (1203 et 1206), de Dijon (1203), de Sennevoy (1214) avec une maison, de Savigny-lès-Beaune (1218) et de Beaune (1221), de Troyes (1221), de Saint-Bris (1225/26), de Flavigny (1240), de Rougemont (1247), de Tonnerre (1247 et 1296), de Tissey, au-delà de Tonnerre (1262/64), de Darcey (1265) où l'on a un cellier, de Meursault (1281), de Marmagne (1283). Les moines reçurent aussi des parts sur la crierie du vin à Tonnerre. Au sujet des caves à vin, les statuts précisent qu'"*il est permis d'aller vendre par nous-mêmes notre vin aux caves à vins, mais il est interdit que cela soit fait par la main des moines ou des convers*", et l'on précise même dans un manuscrit : "*Que ce soit par l'intermédiaire d'un moine, d'un convers ou de n'importe qui, il ne nous est pas permis de vendre notre vin au détail ou comme on dit couramment "à la cannelle" ou encore en langue allemande "au tap", ni au monastère, ni dans la maison d'autrui, ni absolument nulle part ailleurs.*" (IC. LII). Voilà qui indique bien dans quel esprit est envisagé le commerce chez les cisterciens : vente en gros, mais pas au détail.

en propre l'usage des eaux, des forêts, des vignes, des prairies, des terres éloignées de toute agglomération et des bêtes, sauf celles qui d'ordinaire, au lieu d'apporter une quelconque utilité, excitent la curiosité et favorisent la frivolité, les cerfs par exemple, les grues, etc. Pour l'exploitation et l'entretien de toutes ces choses, nous pourrons disposer de granges. Celles-ci seront situées à une distance qui ne dépassera pas une diète (une journée de marche). C'est à des convers que l'on en confiera la garde" (IC. V). Dans un autre statut on admet la présence de serviteurs payés.

L'institution des convers

Les convers "*seront pour nous des familiers et des auxiliaires ; autorisés par les évêques, nous les prenons sous notre responsabilité tout comme les moines ; autant que les moines, nous les regardons comme des frères ayant part à nos biens spirituels ainsi qu'à nos biens temporels*" (IC. VIII).

Selon ce que l'on peut déduire d'actes de donation, les convers étaient, à l'origine, d'humble condition sociale. À Fontenay, sous l'abbé Guillaume (1132-1154), on connaît ainsi le nom et la condition de plusieurs de ces hommes dont on dit "*veniens ad conversionem*" (venant pour se convertir) ou "*ut conversus fieret*" (pour devenir convers).

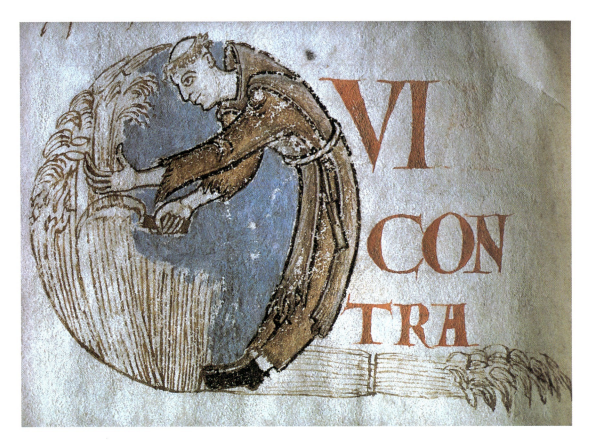

Ainsi Haymon de Venarey, dont la mère Ermensende, petite fille de Gilbert de Marmagne, donne à l'abbaye de Fontenay ce qu'il avait du *casamentum* de l'évêque d'Autun à Fresne, vers Seigny, sauf les cens des prés qui sont déjà sous les cens. En échange elle reçoit trente-cinq sous et un setier de froment. Beraud Cornu, lui, donne, avec l'accord de son épouse Emeline, de leur fils et de leurs deux filles, son droit sur les terres qu'il avait de Fains à Seigny. Bien qu'il fût "*minister terrarum*", administrateur des biens, d'Hermesende de Venerre, c'était un homme modeste. En effet, les témoins sont trois artisans : le maître en ciment Gauthier, le maçon Milon, et le charpentier Vital. Les moines donnèrent en échange, par charité, des peaux d'agneaux et des tuniques (trois tuniques tant au fils qu'aux deux filles) et un setier de légumes tant à la mère qu'à eux, trois setiers de froment et deux novelles de terre. Quant à Hugues de Vaulebon, il donna, avec l'accord de son fils Eudes et de sa fille Marie, ce qu'il avait dans la vallée de Vaulebon et le territoire de Poiseul. Les moines donnèrent à son épouse Sophisie nourriture et vêtement et elle fut prise en charge jusqu'à sa mort. Sur ces entrefaites, leur fils Eudes lui-même fut reçu comme convers.

On ne sait pas si, comme ailleurs, il y eut des nobles ou des clercs qui demandèrent par humilité à être reçus comme convers. L'attitude des abbés réunis en Chapitre général, favorable au départ à cette démarche, changea ensuite parce que certains de ces convers se lassèrent du travail pénible qui leur était demandé, et sollicitèrent la possibilité de devenir moines. Ils finirent donc par décider, en 1188, que désormais ni les clercs, ni les nobles ne pourraient plus entrer parmi les convers, et à partir de 1224, on précisa même que personne ne pourrait être reçu comme convers s'il n'était capable de

*Un frère moissonneur.
BM. Dijon, ms. 170, f° 75v,
saint Grégoire le Grand,
Morales sur Job, 1ᵉ partie*

prendre la place d'un ouvrier salarié. Dès lors, à partir de cette date, la distinction se fit très nette entre moines et convers.

Il fallut toutefois rappeler aux abbés, dans le prologue des *Us des convers*, leurs devoirs à leur égard au même titre qu'à l'égard des moines : "*Puisqu'il est évident que nous avons reçu des évêques le soin des âmes des frères laïcs à l'égal de celles des moines, je m'étonne que certains de nos abbés prodiguent toute l'attention qu'il faut à bien diriger les moines, mais aucune ou la moindre envers les convers.*" Quels étaient les abus décriés ? Le texte le dit en poursuivant ainsi : "*Les uns, du fait de leur simplicité native, estiment pouvoir les restreindre, plus que les moines, sur la nourriture de leur corps ou sur leur vêtement, tout en les accablant de travail impérieusement. Les autres, au contraire, cèdent à leur mécontentement et ils accordent à leurs corps plus qu'il ne convient à leur âme, et ils extorquent d'eux d'autant plus de travail qu'ils les conduisent de manière relâchée dans la nourriture, et plus négligente dans le vêtement.*" Il n'est pas étonnant, par conséquent, devant des attitudes aussi contrastées, que des révoltes aient vu le jour et que des actes de violence aient parfois été commis.

En conséquence, des us furent écrits pour eux, comme des us furent composés pour les moines. Mais à la différence de ceux-ci, ils n'ont pu, à l'évidence, être composés du temps de l'abbé de Cîteaux, Étienne Harding. Il n'empêche que ce document évoque rétroactivement ce qui se vivait depuis les débuts de l'institution des convers, en y insérant les modifications imposées par l'expérience.

L'organisation de la vie dans les granges

Tenue par les convers, chaque grange avait à sa tête un maître de grange (*magister*) qui était lui-même convers. Pour Fontenay, nous connaissons les noms de ceux qui apparaissent comme témoins d'actes de donation : ainsi Jean et Renaud, maîtres de Flay, le premier en 1198 et le second en 1256 ; Bernard et André, maîtres à Estormer, à la fin du XIIᵉ siècle. Le maître était "*prior*" et exerçait la présidence des assemblées à la prière comme à table.

Les us décrivent le rite adopté pour les convers comme ils le font pour les moines, car "*tant aux Vigiles qu'aux heures du jour, ils feront leurs prières comme les moines.*" (Us des convers, I). "*Les dimanches et les jours de fête où ils ne travaillent pas, tant en hiver qu'en été, ils se lèveront pour les Vigiles, comme les moines*" (Us des convers, II). Ils s'agit donc bien de la même vocation à la sainteté, même si les modalités sont adaptées : la récitation de plusieurs *pater* avec le *gloria* à la place des psaumes que récitaient les moines (dix aux laudes et aux vêpres, cinq aux autres heures ; aux fêtes de douze leçons, ils seront doublés jusqu'à atteindre quarante). En ce qui concerne leur participation à la messe, elle se fera les jours de fête où deux messes sont chantées, ainsi qu'aux principaux jeûnes et lors des enterrements de moines, novices ou frères lais et le 2 novembre, mais ils ne communieront que sept fois l'an (cf. Us des convers, V). Si l'un d'entre eux ne peut assister à la première messe comme prévu les jours où les frères convers travaillent et les moines se reposent, il récitera à la place cinquante *pater noster* (Règle des Convers, II). Quant à la prière à table, elle était semblable à celle des moines et les grâces s'achevaient à l'oratoire de la grange, comme les moines achevaient leur prière à l'église (cf. Us des convers, VIII).

En fait de repas, les convers "*auront la même nourriture que les moines. Les frères qui sont dans les granges ne jeûneront qu'aux jeûnes prescrits, en Avent et les vendredis, des Ides de septembre jusqu'au Carême. Chacun aura une livre de pain, et davantage de gros pain, autant que nécessaire*" (Us des convers, XV). En effet, comme le précise ensuite la Règle des convers : "*Dans aucune de nos granges, ils ne se nourrissent de lait ou de fromage ; on ne leur donne ni œufs, ni poissons, ni aucune espèce de nourriture, à moins qu'elle ne leur soit envoyée de l'abbaye. Pourtant celui qui est malade plus de trois jours reçoit quelque fois une pitance. On ne dit pas non plus qu'il leur est permis de boire du vin, bien que, dans plusieurs granges, ils s'adonnent avec zèle à la culture de la vigne. Ils ne reçoivent aucune espèce d'aliment de personne, si ce n'est de leur abbé ou de leur évêque, ou d'un évêque qui appartient à l'ordre*" (Règle des convers, XII). Ces décisions vont dans le sens de ce qui était déjà statué dans les premiers temps : "*À l'intérieur du monastère, personne n'aura le droit de manger de la viande ou de la graisse ; seuls ceux qui sont vraiment malades et les ouvriers embauchés pour nous seront dispensés de cette règle. Dans l'enceinte de nos granges aussi on appliquera cette règle, sauf dans les deux cas indiqués, ainsi que dans le cas des domestiques à gages*" (IC. XXIV).

Dans les granges comme à l'abbaye, aucune femme n'était admise, en principe, car il est dit au statut VII des *Institutiones* : "*Il est absolument interdit aux femmes de cohabiter avec nous et avec nos convers ; on leur ôtera donc toute occasion de s'occuper de nos élevages ou du nettoyage périodique de tout ce qui existe dans le monastère, ou enfin de n'importe lequel de nos besoins. Cette interdiction les empêchera donc aussi bien d'être hébergées dans l'enceinte des granges que d'être admises à franchir la porte du monastère.*" Toutefois, dans les us des convers, on peut lire : "*Une femme n'entrera pas dans l'enclos des granges, sinon avec l'accord de l'abbé ou du prieur. Personne ne parlera seul à seul avec une femme*" (Us des convers, VII).

Si nous connaissons assez mal la réalité vécue concrètement, nous savons que les convers exercèrent par leurs aumônes, leur hospitalité et leur assistance spirituelle auprès des populations rurales un bien immense qui tenait lieu d'apostolat. Leur vie de mortification, de simplicité et de prière pour la conversion des pécheurs conduisait bien des hommes et sans doute aussi des femmes au Christ. Si nous n'avons aucun témoignage concernant les convers de Fontenay, ceux-ci ne manquent pas dans le *Livre des Miracles*, écrit entre 1178 et 1180 par Herbert de Mores concernant les convers de Clairvaux et repris ensuite dans le *Grand Exorde de Cîteaux*. Ils savaient, en effet, allier aux humbles tâches de la vie quotidienne une grande vie de contemplation, qui nécessitait l'observance d'un silence le plus strict possible. Le *Livre des us* insiste très fortement sur cet aspect, qui sera repris dans la Règle écrite ultérieurement : "*Dans tous les locaux où les moines gardent le silence, eux aussi. De même ceux qui sont dans les granges garderont le silence au dortoir, au réfectoire et au chauffoir, dans les limites prescrites*". Toutefois on admet la possibilité de s'entretenir dans le cadre d'un atelier avec ceux qui partagent le même travail – encore est-il que l'on précise bien : "*Ils ne parleront que de ce qui est nécessaire.*" On lit, en effet : "*Entre eux, et envers tous, les cordonniers garderont partout le silence, à moins que l'abbé ne leur fixe un endroit, hors de leur atelier, où ils pourront parler entre eux de ce qui est nécessaire à leur métier, brièvement, et pas autrement que debout. Feront de même tous les artisans du monastère : les boulangers, les tisserands, les peaussiers et les autres. Aux seuls forgerons, un endroit – situé dans leur atelier – peut être fixé où ils parleront de ce qui est nécessaire, de la manière dite plus haut. Car, malaisément, sinon au détriment de leur ouvrage, peuvent-ils garder le silence durant leur travail.*"

Toutefois, il est prévu des limites fixées à ces échanges qui ne pourront se faire que durant les heures de travail : "*Les chefs des maçons, des cordonniers et des artisans de même sorte ne parleront pas à ceux qui leur sont soumis, aux jours fériés ou le soir, quand ceux-ci quitteront leur poste de travail.*"

Mais ceux qui se trouvaient dans la nature, comme les bergers et les bouviers, "*pourront au travail parler de choses nécessaires avec les plus jeunes et ceux-ci avec eux.*" On admet aussi pour eux les actes de civilité minimum : "*À ceux qui les saluent, ils rendront leur salut, et si un voyageur leur demande la route, ils le renseigneront en parlant brièvement. Si on veut leur parler d'autre chose, ils répondront qu'il ne leur est pas permis de parler davantage. Ils répondront de la même manière à qui les importune et les invite à parler*" (Us des convers, VI). Ces recommandations sont reprises dans la Règle des convers (VII) comme règle générale à observer par tous.

Quant au convers qui est en voyage, il gardera le silence dans tous les monastères et durant son repas et après complies. En tout, il se conduira comme le moine en voyage, excepté qu'il ne sera pas obligé de

*Un frère bûcheron.
BM. Dijon, ms. 173, f° 41,
saint Grégoire le Grand,
Morales sur Job, 2ᵉ partie*

jeûner, si ce n'est de la manière dont les frères jeûnent dans les granges. Et si un convers voyage avec un moine, il se conformera à ce que celui-ci lui commandera. *"Dans une autre grange ou un monastère de notre ordre, il se réglera en tout sur les frères de ce lieu. Seulement avec le palefrenier, il pourra parler de ce qui est nécessaire pour ferrer les chevaux, et les fournir en avoine et en foin."* (Us des convers, XIV).

La Règle des convers rédigée plus tard développe tout ce qui est exprimé ici, tout en assouplissant un peu la règle du silence, surtout lorsqu'il s'agit de transmettre à un novice, qui fait son apprentissage, le savoir-faire d'un métier.

Vêtement et literie des convers

Leurs vêtements étaient adaptés avec beaucoup de sagesse aux nécessités. Le trousseau était composé *"d'une chape, de tuniques, de chaussures, de bas, de chaussons, d'un capuchon couvrant seulement les épaules et la poitrine. Toutefois, aux bouviers, aux charretiers et aux bergers, l'abbé peut en accorder une de plus grande dimension. Les pelisses aussi seront grossières et d'une seule espèce. Si l'abbé juge bon d'accorder à quelqu'un de doubler quelques pelisses déjà vieilles, que ce soit d'une étoffe vile et grossière. Il sera permis aux convers d'avoir quatre tuniques, si l'abbé le juge bon. Aux forgerons seuls, on concédera d'avoir des sarrauts, mais seulement des noirs et de forme arrondie au bas"* (Règle des convers, XVI). Ils n'auront généralement pas de bottes (Règle des convers, XIX). Quant à la literie, elle sera semblable à celle des moines, *"excepté qu'au lieu de couvertures de laine, ils usent de fourrures"* (Règle des convers, XVII).

Formation

Nous le voyons donc, la vie des convers, que ce soit aux granges ou à l'abbaye, est calquée sur celle des moines, car c'est au même idéal de vie qu'ils sont appelés. Toutefois, *"nul n'aura de livre et n'apprendra rien, si ce n'est seulement le* pater noster, *et le* credo *et le* miserere *(Ps 50), ainsi que ce qui leur est prescrit de dire non en le lisant, mais par cœur"* (Règle des convers, IX). Pour cela, il était nécessaire, après avoir été reçus aux deux chapitres des moines et des convers, qu'ils subissent un temps de formation au monastère sous l'égide d'un maître spirituel, qui était le maître des convers ainsi défini : *"Là où le nombre élevé des convers semblera l'exiger, l'abbé veillera à choisir un moine prêtre, compétent, discret et mûr et qui, particulièrement en ce qui concerne la nourriture et le vêtement, édifiera les frères laïcs par son exemple. Il l'instituera leur maître et leur confesseur qui leur donnera l'absolution, sauf des fautes graves ou de celles que l'abbé se réserve"*. Il est prévu aussi : *"En ce qui concerne la tenue de leur chapitre, s'il est présent, il préviendra l'abbé ou même le prieur et il s'y rendra avec eux, ou seul, si on le lui a commandé."* Par ailleurs, une fois par semaine aux heures fixées par l'abbé, il fera le tour des ateliers et de l'infirmerie des convers pour parler de leur vie et *"s'il en a reçu le mandat, il ira aux granges, à temps déterminé. Là, il tiendra chapitre et les entendra en confession"*.

Convers des granges et convers de l'abbaye : un seul et même corps

Il n'y avait pas de discrimination entre les convers des granges et ceux de l'abbaye. La distance prévue entre celles-ci et celle-là ne devant pas excéder une journée de marche, les retours fréquents à l'abbaye étaient possibles. D'ailleurs, le bâtiment qui leur était réservé et qui a malheureusement disparu à Fontenay, était susceptible de les recevoir tous ensemble, ce qui explique ses dimensions. Il serait erroné de gonfler les chiffres du nombre des convers qui, certes, furent généralement plus nombreux, au XIIIe siècle, que les moines à l'époque de la splendeur de l'abbaye, mais il est difficile de concevoir que

Un frère maniant le fléau comme initiale S, au début du livre XXXII des Morales sur Job de saint Grégoire le Grand. BM. Dijon, ms. 173, f° 148

dans chaque grange il y ait eu plus d'une quinzaine ou d'une vingtaine de convers, pour des raisons évidentes de convivialité et d'occupation laborieuse.

Cela explique sans doute les contraintes d'envillagement qui s'imposèrent aux moines au XVIe siècle, lorsque le nombre des convers commença à diminuer ; ceux-ci ne parvenant plus à assumer dans les granges l'organisation prévue, les laïcs se substituèrent aux convers. Les granges devinrent des villages et la chapelle tint lieu d'église paroissiale, qui fut donc à la charge des moines. Lourde charge pour les abbés commendataires, qui eurent à faire face à de gros soucis d'entretien des bâtiments progressivement délaissés, et à de conséquents frais de restauration.

À la veille de la Révolution française, nous avons une liste du bâti des propriétés de Fontenay grâce à la visite faite, du 4 mai au 16 septembre 1789, par Jean Alexis Pasteur, ingénieur des États de Bourgogne, en vue des réparations à effectuer (ACd'O. 15 H 30). Après avoir établi un état des lieux, il propose des devis pour chacun d'eux. Le mémoire se présente en vingt-et-un chapitres. Les trois premiers concernent les propriétés établies à Saint-Remy. Puis est évoqué le Petit Fontenay, situé dans le faubourg de Tonnerre. Le chapitre V est consacré à la métairie de Fley. Puis sont évoquées en différents chapitres les onze églises (chœur et clocher) dépendantes de Fontenay : Corpoyer-la-chapelle, La Villeneuve-les-convers, Etormay avec son four banal, Chaume, Eringes avec sa grange et son four banal, Fresne avec son four banal, Planay avec son four banal, Fontaines-lès-Sèches avec son four banal, Ravières, Millery, Saint-Euphrône. Enfin viennent la métairie de Calais, les moulins de Marmeau, de Cry et le moulin neuf de Laignes. Ces travaux, nécessités par l'abandon progressif des propriétés aux mains d'autrui, n'ont jamais pu être effectués par les moines. Leurs biens furent confisqués aussitôt après leur expulsion, au moment de la Révolution française, comme nous allons le voir maintenant.

INCIP LIB · XXXII:

CI VIRI QVO APVD

dm altius virtutum dignitate pficiunt:
eo subtili' indignos se ee dep hendt: qd dii p
ximi lucis fiunt: qcqd eos inseipsis latebat
inueniunt. Et tanto magis foris sibi defor-

7
Après la tourmente révolutionnaire
Une nouvelle jeunesse

Jugeant que la vie religieuse devait être "modernisée", le Conseil d'État institua, le 23 mai 1766, la Commission des Réguliers, composée de dix membres (cinq conseillers d'État et cinq prélats) et présidée par l'ambitieux Loménie de Brienne, archevêque de Toulouse, avant que ne soit finalement décidée la suppression des ordres religieux en France, le 13 août 1790. Cette décision fait suite à celle du 20 février 1790 par laquelle l'État ne reconnaît plus les vœux monastiques et donne la possibilité d'en être délié. Ceux qui feraient ce choix pourraient quitter leur monastère et recevoir une pension. La saisie des biens d'Église en France et leur vente sont bientôt décidées. Cette attitude ne doit pas nous surprendre. Elle correspond à une attitude générale en Europe. L'empereur Joseph II de Habsbourg (1780-1790) prit la même décision, déclarant que les ordres religieux contemplatifs sont inutiles et que leurs communautés doivent être dissoutes, leurs biens confisqués.

La dispersion de la communauté et la vente des biens

En 1790, les neufs derniers moines de Fontenay sont expulsés. Deux se présentent au Conseil municipal de la commune de Marmagne pour déclarer leur volonté de vivre "en leur particulier" et requérir en conséquence que leur pension leur soit dès lors versée. En l'année 1791 s'opère la vente en plusieurs lots des biens de l'abbaye. Le 12 avril, le sieur Claude Hugot de Précy-sous-Thil fait l'acquisition du monastère, ainsi que des terres, bois et vignes en la possession des moines, contre 78 000 francs. Profitant des qualités indéniables de l'eau qui coulait en abondance, son intention est de transformer les bâtiments de l'abbaye en usine à papier. En octobre, les propriétés éloignées, les fermes, ce qui reste de la bibliothèque déjà dépouillée de nombre de ses livres les plus anciens, et le mobilier font l'objet d'une adjudication spéciale à très bas prix.

L'abbaye transformée en papeterie

La papeterie sera créée et tenue en activité par Claude Hugot jusqu'en juillet 1796 (21 thermidor an IV). Puis, la propriété est vendue vers 1812 à M. Eloi Guérin qui la transmet à sa fille Anne, veuve Guiot, avant d'être rachetée, le 3 octobre 1820, par Elie de Montgolfier d'Annonay, descendant des célèbres créateurs de la Montgolfière. Il en relance l'activité papetière. Vers 1840, il rétrocède la propriété à son gendre Marc Seguin, le génial inventeur des chemins de fer et des ponts suspendus, qui après y avoir résidé vingt ans, la remet en bail à ses deux gendres Raymond et Laurent de Montgolfier. Ce sont eux qui donnèrent une grande expansion à la fabrication du papier en créant trois autres usines dans la vallée, avec des cheminées hautes de 60 mètres aux lieux-dits : Fontaine de l'Orme, la Châtaignière et Choiseau. Le temps venu, en 1873, Raymond de Montgolfier en transmit la direction à ses fils Auguste et Henri. En 1890, ceux-ci devinrent les administrateurs délégués d'une société plus importante qui porta le nom de "Société anonyme des papeteries de Montbard", avant que celle-ci ne soit mise en liquidation volontaire en 1902. C'est la fin de la papeterie. Une autre ère débute alors, celle de la réhabilitation des bâtiments en faisant disparaître toute trace de son usage industriel.

La réhabilitation des bâtiments

En octobre 1906, Édouard Aynard, gendre de Raymond de Montgolfier, acquiert la propriété de l'abbaye au terme d'une vente publique faite à l'amiable.
Édouard Aynard est un homme cultivé et riche. C'est un banquier et un amateur d'art, un homme influent aussi, puisqu'il est député du Rhône et vice-président de la Chambre des députés. Il a donc toutes les qualités requises pour redonner à

Après la tourmente révolutionnaire | 165

l'abbaye ses lettres de noblesse. On peut en juger par les réflexions livrées en avant-propos du livre du maître-verrier autodidacte Lucien Bégule, publié en 1912, qui est l'étude la plus complète écrite jusqu'à nos jours sur le sujet. Nous en avons extrait les réflexions d'Édouard Aynard pour les placer en exergue de ce livre. Avec beaucoup de discrétion, celui-ci fait part des motivations, tant affectives qu'artistiques, qui l'ont conduit à entreprendre le travail de restauration de l'abbaye, comme pour y inscrire en mémorial l'amour qui le liait à son épouse décédée : "*J'ai conservé cette demeure vénérable, parce que je savais réaliser le désir silencieux de celle que j'ai perdue ; je ne voulais pas laisser sortir de notre famille un bien possédé par elle depuis près d'un siècle ; et enfin, je subissais l'attraction irrésistible de l'œuvre d'art à faire réapparaître et à consolider. Si Fontenay est resté debout, c'est parce que l'industrie, depuis longtemps et si honorablement exercée par mes prédécesseurs, en même temps qu'elle voilait la beauté de l'édifice, le conservait cependant à sa manière par l'occupation des usines exigeant un constant entretien.*"

Quelles sont les modifications apportées par l'ère industrielle au bâtiment ancien ? Les plus visibles sont naturellement les deux hautes cheminées accolées l'une au bas-côté nord de l'église près du bras du transept nord, et l'autre derrière le bâtiment de la forge vers le bassin. À cela s'ajoutent : l'aménagement du sol des dernières travées, du chœur et des transepts, pour organiser un quai de chargement des chariots dans l'église. Dans le cloître, la transformation des galeries orientale et septentrionale en ateliers, avec clôture des portes et fenêtres de la salle du chapitre donnant sur ce cloître ; l'ouverture sur une travée des murs de séparation entre la sacristie et la salle du chapitre et entre cette dernière et le parloir qui la jouxte, pour permettre la circulation que la galerie ne pouvait plus assurer ; l'utilisation d'une partie de la galerie occidentale aménagée en cuisine avant 1820 et communiquant avec le logis abbatial, et l'étage édifié au-dessus de cette galerie, comportant plusieurs pièces en communication avec le bâtiment Seguin d'une part et ayant d'autre part un accès à une tribune située dans la deuxième travée du bas-côté sud, où se trouvait une chapelle occupant les quatre premières travées. Le logis abbatial avait été, par ailleurs, prolongé d'une vaste serre à structure métallique. Quant au bâtiment dit "la Forge", où furent logées les machines à papier, c'est celui qui, sur toutes ses faces, a subi le plus de modifications, et même en hauteur puisqu'on y a ajouté un étage. Au Nord-est et au Nord-ouest, sur les premières travées, des ailes basses ont été édifiées. On remarque encore aujourd'hui la trace des points d'appui des toitures. Sur la façade occidentale, un château d'eau avait été accolé, occupant une partie de l'emplacement actuel du bassin. Au Sud, diverses

*Le bâtiment Seguin,
au second plan, le bâtiment des abbés commendataires*

constructions avaient été édifiées, notamment sur le canal, à l'emplacement de l'ancien moulin, et au centre du bâtiment, perpendiculairement à lui. L'ensemble, sur les photographies anciennes, fait apparaître comme une sorte de symétrie entre l'église et la forge en hauteur et en longueur, l'une et l'autre avec leur cheminée. Vers l'infirmerie, des garages avaient été construits avec une remise. Le colombier et la maison rouge, qui était au XVIIIe siècle le chenil de l'abbaye, la ferme et l'ancienne hôtellerie deviennent le siège d'annexes aux usages aussi divers que des buanderies et des lieux de rangement, ainsi que des logements. Des logements ouvriers avaient aussi été installés dans le bâtiment dit "chapelle des étrangers" et dans une construction réalisée en dehors de l'enclos, à droite de la porterie, subsistant encore aujourd'hui et portant le nom de "La Carpière".

Dans le dortoir des moines, refait au XVe siècle après l'incendie et sans doute modifié au XVIIIe siècle, les Montgolfier avaient établi leurs appartements, sauf en ce qui concerne la partie donnant dans l'église par l'escalier de nuit, qui fut transformée en magasin. Un escalier établi à l'extérieur le long de l'absidiole sud permettait d'accéder directement dans le jardin. Après le départ des Montgolfier, Marc Seguin et sa famille se sont installés là, en attendant de se faire construire vers 1850 une maison dite "bâtiment Seguin", à l'emplacement de l'ancien réfectoire du XIIe siècle, le long de la galerie méridionale du cloître. Cette maison avait, au rez-de-chaussée, un accès au cloître, parce qu'on y avait établi les bureaux de la papeterie, et à l'étage sur le cloître des pièces mettant en relation le bâtiment qui servait de logement avec le logis abbatial du XVIIe siècle.

La restauration de l'abbaye

Les grandes lignes de la restauration furent rapidement tracées par Édouard Aynard : *"Pour ramener l'abbaye au jour, nous dit-il, le programme était considérable, mais en même temps d'une indication claire et précise. Il consistait à dégager toutes les adjonctions parasites de la manufacture ; à ramener le monument à ses anciennes proportions et à ses niveaux, qui, ayant été profondément altérés, en faussaient l'aspect ; à suivre avec un soin méticuleux et un respect absolu les parties anciennes à consolider et à restaurer ; à s'abstenir de toute construction neuve, sous prétexte de compléter ou de faire revivre ce qui avait péri ; à mettre le nouveau tracé des jardins en rapport avec les lignes monumentales, et enfin à égayer le sombre monastère par les eaux jasantes dérivées de la rivière. Ce plan a été suivi exactement ; il est juste d'en attribuer l'honneur à ceux qui l'ont habilement accompli. Je voudrais pouvoir louer plus à mon aise le bon sens et la clairvoyance architecturale,*

l'ardeur soutenue de mon fils René Aynard, qui l'a seul dirigé."

René, en effet, hérita non seulement de l'abbaye, mais aussi de la même passion que son père. Il consacra toute sa fortune et son énergie à restaurer le très bel ensemble en plusieurs campagnes de 1906 à 1943. Industriel et homme d'affaires, il hérita de son père des exigences simples avec lesquelles il ne transigea que rarement : tout d'abord s'interdire toute restauration qui ne s'appuierait pas sur l'observation de traces anciennes attestées, ensuite se refuser à reconstituer des bâtiments ou éléments anciens totalement disparus, et enfin n'utiliser dans la mesure du possible que des matériaux locaux semblables à ceux qu'il fallait remplacer. Cette rigueur et cette prudence, bien que n'étant pas le fruit d'une formation de professionnel acquise dans des écoles spécialisées, lui permirent de mener la restauration sans grosses erreurs, si bien que Denis Cailleaux, dans son étude très fouillée sur la restauration de l'abbaye, dont cette présentation est très redevable, a pu écrire que *"les travaux effectués à Fontenay depuis 1906 paraissent avoir été unanimement acceptés par le monde scientifique"*.

La première campagne (1906-1911) a consisté essentiellement à faire disparaître les apports récents évoqués par Lucien Bégule en ces termes : *"Pendant tout le XIXᵉ siècle, comme on l'a vu, Fontenay avait été transformé en exploitation industrielle, mais par des hommes éclairés, qui s'étaient attachés à préserver de mutilations graves les parties anciennes de l'abbaye offrant un intérêt artistique. Cependant la forge avait été surélevée d'un étage, ainsi que la galerie occidentale du cloître ; de nombreux bâtiments récents, des hangars étaient affectés aux travaux de la papeterie et enfin deux hautes cheminées complétaient l'aspect industriel de cette ruche ouvrière. Il devait suffire, à un moment donné, de faire disparaître toutes ces constructions parasites pour rendre aux vieux édifices leur rude et impérissable beauté."*

En cinq années, furent détruites les trois usines de la vallée, les bâtiments modernes édifiés dans l'enceinte, ainsi que les ajouts sur les parties anciennes, soit plus de 4000 m². La forge retrouva son aspect primitif, l'église vit son sol rétabli au niveau primitif et son bas-côté méridional libéré d'une chapelle privée ajoutée ultérieurement, tandis que l'aile orientale du cloître qui menaçait ruine fut démontée et remontée pierre par pierre. À cela s'ajoutent des restaurations de façade. Par la suite, les toitures firent l'objet de rénovations et on s'attela aussi à de petits travaux de détail, toujours fort longs et onéreux. On commença, en 1906, par faire disparaître les ateliers du cloître dans la galerie du chapitre et l'étage de la galerie occidentale. Peu après, furent détruits les bâtiments ajoutés à la forge, et en 1908, par un système de vérins et d'étais, on fit descendre la toiture du bâtiment de la forge, après en avoir supprimé l'étage ajouté. Les ouvertures du premier furent refaites à neuf, les parties manquantes reconstruites, et détruites les cloisons séparant les salles du rez-de-chaussée, afin d'y rétablir la circulation. Cette année-là, on fit disparaître aussi les deux cheminées et bien des annexes (garages, serre, etc.), ainsi que les logements ouvriers de la ferme. Le niveau du sol de l'église fut rétabli. La porterie fut libérée d'une adjonction qui la reliait à la chapelle des étrangers, les ouvertures du pignon méridional restaurées, la boulangerie dégagée de l'appentis qui servait de buanderie. On réduisit aussi les bûchers qui longeaient le mur d'enceinte, ainsi que le lavoir. Le colombier fut dégagé de ses ajouts récents. Le logis abbatial, par contre, se vit adjoindre en 1907 une aile perpendiculaire longeant la galerie du cloître, à l'emplacement de l'ancien bâtiment des convers, et englobant des salles précédemment construites et transformées en sanitaires. En 1910, E. Aynard fit démonter et reconstruire pierre par pierre la galerie orientale, dont la voûte fut réalisée en ciment armé de métal de cinq centimètres d'épaisseur environ. La galerie, en effet, était minée par les eaux d'une canalisation bouchée qui lui faisait prendre un dangereux dévers. Déjà, en 1860, Raymond de Montgolfier avait fait refaire l'aile nord et sa voûte en raison des infiltrations d'eau. Pour alléger la construction, la voûte fut alors remontée, selon la technique de l'époque, avec des briques posées à plat, de telle sorte que les poussées sur les arcades se trouvaient réduites au maximum. Enfin, en 1911 furent démolies la chapelle et la sacristie qui occupaient les quatre premières travées du collatéral sud. Pour l'essentiel, toutes les adjonctions récentes ont été détruites, à l'exception du bâtiment Seguin et de quelques annexes utiles aux propriétaires. Les deux années suivantes furent consacrées à modifier des ouvertures et à reconstituer certains éléments anciens ou supposés tels, comme les manteaux de cheminées du chauffoir.

Il fallut attendre les années 1961 à 1963 pour qu'après consultation des Monuments historiques, Pierre Aynard et son fils Hubert reprennent le projet émis par Édouard et René Aynard de restaurer intérieurement le dortoir en en dégageant les cloisons intérieures. Quant à la forge, ce n'est que vers 1982-83 qu'elle retrouva ses volumes initiaux. Par la suite, en 1994, sous la responsabilité de M. Pallot, Architecte en chef des Monuments historiques, fut modifiée la couverture des chapelles absidioles construites de part et d'autre du chœur et placées antérieurement sous une toiture unique de chaque côté. On réalisa alors des couvertures à deux pentes en s'appuyant sur une étude des traces laissées dans les murs et la présence des gouttières retrouvées dans les combles.

Fidèles à l'esprit de leurs ancêtres, les membres actuels de la famille propriétaire poursuivent l'entretien régulier du monument avec une générosité et une fidélité qui méritent notre admiration et notre reconnaissance, si bien qu'il nous est possible maintenant, en visitant cette abbaye, de retrouver l'esprit initial qui a présidé à sa construction, faisant d'elle l'expression monumentale sans doute la plus parfaite de la pensée bernardine et de l'esprit cistercien primitif.

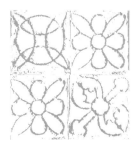

Bibliographie

SOURCES

Archives de la Côte-d'Or, Dijon, série 15 H (cité en abrégé : ACd'O. 15 H)

René AYNARD, *Notes sur la restauration de l'Abbaye de Fontenay*, manuscrit inachevé et non édité, 1942.

ÉTUDES GÉNÉRALES

Marcel AUBERT, *Fontenay*, dans *Congrès archéologique de France, XCI^e session, Dijon, 1928*, Paris, 1929, p. 234-251.

Marcel AUBERT avec la marquise de MAILLÉ, *L'architecture cistercienne en France*, Paris, Éd. d'Art et d'Histoire, 1947, 2 vol. 386 et 271 p.

François AYNARD et Nicolas BRUANT, *Fontenay. L'Abbaye et son vallon*, Paris, Éd. du Huitième Jour, 1999.

Lucien BEGULE, *L'Abbaye de Fontenay et l'architecture cistercienne*, Lyon, 1912, 135 p.

Lucien BEGULE, *L'Abbaye de Fontenay*, Petites Monographies des Grands Édifices de la France, éd. Henri Laurens, 6e édition, 1984, 80 p. (reprise allégée de l'ouvrage précédent).

Pierre BOURGEOIS, *Abbaye Notre-Dame de Fontenay*, Bégrolles-en-Mauges, Éd. de Bellefontaine, 2000, 2 vol. (Texte, 235 p. et Documents, 413 p.).

Patrick BOUTEVIN, *Abbaye de Fontenay*, Moisenay, Gaud, 1994, 64 p.

Jean-Baptiste CORBOLIN, *Monographie de l'Abbaye de Fontenay, seconde fille de Clairvaux*, Cîteaux, 1882.

Marie-Anselme DIMIER, *Fontenay*, dans *Dictionnaire d'Histoire et de Géographie Ecclésiastique*, t. 17, col. 902-905.

Marie-Anselme DIMIER et Jean PORCHER, *L'art cistercien. France*, "la nuit des temps 16", 3ème éd., La Pierre-qui-Vire, Éd. Zodiaque, 1982. Sur Fontenay, pp. 63-72 et pl. 1-15.

Terryl N. KINDER, *L'Europe cistercienne*, "les formes de la nuit 10", 2ème éd., La Pierre-qui-Vire, Éd. Zodiaque, 1999.

ÉTUDES PARTICULIÈRES

L. ANDRÉ, La papeterie des Montgolfier à Fontenay au XIXe siècle, dans *Annales de Bourgogne*, LVIII, 1986, p. 29-44.

Paul BENOIT et Denis CAILLEAUX, *Moines et métallurgie dans la France médiévale*, Paris, AEDEH., 1991, IIIe partie, L'Abbaye de Fontenay.

Denis CAILLEAUX, La Restauration de l'abbaye de Fontenay (1906-1911), dans *Bulletin archéologique du Comité des travaux historiques et scientifiques*, 1983 (publié en 1987).

Léon PRESSOUYRE et Paul BENOIT, *L'hydraulique monastique : milieux, réseaux, usages*. Actes du Colloque de Royaumont, 18-20 juin 1992, Paris, Éd. Créaphis, 1996.

Dominique STUTZMANN, *La bibliothèque de l'abbaye cistercienne de Fontenay (Côte d'Or). Les marques de provenance*. Mémoire de DEA, Paris-Sorbonne, 2000.

ABRÉVIATIONS

ACd'O. Archives de Côte-d'Or, Dijon.

BM. Bibliothèque municipale

EO. *Ecclesiastica Officia* (Usages monastiques).

EP. *Exordium Parvum*
(Petit Exorde de Cîteaux).

IC. *Institutiones Cistercienses*
(Collection des Statuts en 1152).

RB. *Regula Benedicti* (Règle de saint Benoît).

SC. Collection "Sources chrétiennes"

UC. *Usus Conversorum* (Usages des Convers)

L'auteur et le photographe remercient
Monsieur Hubert Aynard,
propriétaire de l'Abbaye de Fontenay,
et son fils François pour leur accueil
toujours bienveillant.
Ils remercient également le personnel
et les guides de l'Abbaye
pour leur disponibilité constante à leur égard.
Ils remercient en particulier
Mademoiselle Isabelle Terillon
pour ses conseils et pour la relecture
attentive du manuscrit.

Crédits photographiques

Toutes les photographies ont été réalisées
pour les éditions Zodiaque
par Claude Sauvageot,
assisté de Emile Loreaux,
à l'exception de celles des pages :
10, 121, 144, 146, 150, 153 qui sont de l'auteur
et celles des pages :
17, 26 qui sont de la B.M. de Dijon
et 104, 108 qui sont de Terryl Kinder,
toutes quatre extraites de son livre
l'Europe cistercienne,
aux éditions Zodiaque (2ème éd., 1999).

ZODIAQVE

Ce volume est le deuxième
de la nouvelle série
de la collection "la voie lactée"

Maquette de Pascale
et Jean-Charles Rousseau

Photogravure et impression
par l'Imprimerie du Centre
(IDC, Orléans)

Reliure par la Nouvelle Reliure Industrielle
(L. N. R. I, Auxerre)

Directeur gérant : Jacques Collin

ISSN 1279 - 7855
ISBN 2-7369-0272-6
Dépôt légal. 1549-06-01